마흔의 서재

마흔의 서재

간소한 삶과
소중한 일상의
책 읽기

장석주

프시케의숲

서문

가장 좋은 날은 아직 오지 않았네

어쩌다 나이 마흔이 되었을 때 내 푸른 시절은 다 끝났다고 여겼다. 마흔이라니! 미망 속에서 맞은 마흔에 내 마음은 황망하고, 몸과 마음은 오랜만에 대면한 가족같이 데면데면했다. 내 마흔은 온통 잿빛이었다. 망연자실한 채로 맞은 마흔이라는 낯선 사태 앞에서 나는 포름알데히드로 채운 유리병에 갇힌 듯 힘들었다. 숨이 턱 막혔다. 가슴에 별자리같이 품었던 청춘의 꿈들은 흩어져 사라졌다. 그때 희망은 줄고 절망은 넉넉했다. 해는 지는데, 갈 길은 먼 방랑자의 심정이 그랬을 테다. 이제 인생은 내리막길만 남았다고 낙담했다.

낯선 시골 동네의 물가에 집 짓고 들어앉아 새 삶을 도모하던 시절이었다. 나는 초조함에 감싸인 채 안절부절못하는 마음을 끌어당겨 한자리에 앉히고 마음공부를 시작했다. '노자'와 '장자'를, '주역'과 '공자'를 두서없이 읽고, 어지러운 마음을 다독이며 명상의 삼매경에 드는 한편, 초목과 바람을 벗 삼는 시골살이의 고적함과 불편을 품어 안았다. 마당 한쪽에 모란과 작약과 영산홍을 심어 가꾸고, 봄이면 나무 시장에 나가 앵두나무와 대추나무와 복숭아나무를 구해다 심었다. 작은 연못을 파 여름 아침 수련의 꽃을 보며 우주의 미아가 된 듯한 마음을 달랬다. 곤줄박이와 물까마귀와 동박새와 붉은머리오목눈이가 집과 가까운 숲에 날아와 우짖는 날들이 흘러갔다.

다시 고요를 향하여 도약하리라. 신용불량자가 회생 대책을 세우듯이, 지나온 거친 세월 속의 삶을, 그 삶의 안쪽에 점점이 박힌 실패와 오류를 되새김질했다. 어쨌든 덧없이 오고 가는 계절을 견디며 살았다. 새벽에 깨어나면, 어김없이 커다란 저수지에서 올라온 물안개가 마당을 집어삼킨 광경과 마주했다. 물안개는 거대한 벽이었다. 나는 혼돈과 불가능성을 품고, 높고 단단하게 세워진 그 벽에 머리를 쿵쿵 찧었다.

그 유적지 같은 날들을 아무 기쁨도 없이 묵묵하게 견뎠다. 내게서 멀어진 이들의 이름을 나지막하게 발음해보던 고독한 나날들. 그때 나를 위로한 건 물가에 선 버드나무들, 먼 나라의 호젓한 만灣과 해변에 대한 동경, 오후의 산책들, 반려견, 그리고 몇 권의 책이었다. 벗들은 멀리 있고, 고독만이 영혼을 견고하게 단련시켰다. 날씨가 화창한 날에는 빨래를 해서 널고 그것이 말라가는 동안 내 안의 불안이 잦아드는 걸 느꼈다. 버드나무 그림자가 비친 저수지의 물을 바람이 밀며 나아가는 것을 바라보며 시 몇 줄을 썼다.

내 인생에서 가장 좋은 날은 아직 오지 않은 날이라고 스스로에게 속삭이던 날들.

> 가장 좋은 일은 아직 오지 않았을 거야. / 아마 그럴 거야. / 아마 그럴 거야. / 감자의 실뿌리마다 / 젖꼭지만 한 알들이 매달려 옹알이를 할 뿐 / 흙에는 물 마른자리뿐이니까. / 생후 두 달 새끼 고래는 어미 고래와 함께 / 찬 바다를 가르며 나가고 있으니까, / 아마 그럴 거야. / 물 뜨러 간 어머니 돌아오시지 않고 / 나귀 타고 나간 아버지 돌아오시지 않고 / 집은 텅 비어 있으니까, / 아마 그럴 거야. // 지금은 탁란의 계절, / 알들은 뒤섞여 있고 / 어느 알에 뻐꾸기가 있는 줄 몰라. / 구름이 동지나해 상공을 지나고 / 양쯔강 물들이 황해로 흘러든다. / 저 복사꽃은 내일이나 모레 필 꽃보다 / 꽃 자태가 곱지 않다. / 가장 좋은 일은 아직 오지 않았어. / 좋은 것들은 / 늦게 오겠지, 가장 늦게 오니까 / 좋은 것들이겠지. / 아마 그럴 거야. / 아마 그럴 거야.
>
> 장석주, 〈몽해항로 6 – 탁란〉

새벽엔 경전을 읽듯이 책을 읽고, 낮엔 반려견을 데리고 집 뒤의 약수터를 찾던 그 시절엔 그랬다. 한밤중 저 멀리 전조등을 켜고 어둠에 묻힌 지방국도를 지나가는 자동차의 불빛을 바라보며 나는 기어코 잘 살아보리라 했다.

《마흔의 서재》는 물안개 자욱한 새벽 마당을 가로질러 서재로 나가 써내려간 그 시절의 조촐한 마음을 담은 책이다. 그때 찾아 읽은 책과 나를 품었던 서재는 나의 피난처이자 은신처였다. 갈매나무 한 그루 품지 못한 채 마흔에 불시착한 이들에게 나침반 같은 책이기를 바랐다. 살아온 날을 되돌아보고, 앞으로 다가올 날의 꿈을 기획하는 이들에게 작은 도움이 되길 바랐다. 미망과 의혹을 뚫고 앞으로 나아가기. 깨어 있을 땐 숨결을 가지런하게 하고 밤에는 작은 꿈들을 꾸며 고요하게 살기.

《마흔의 서재》는 많은 독자의 사랑을 받았다. 이 책을 읽은 독자 분께 머리 숙여 감사드린다. 출판 계약의 법적 시한을 다 채운《마흔의 서재》를 출판사를 바꿔 다시 세상에 내보낸다. 이 책을 먼저 품었던 한빛비즈와 편집자에게 새삼 감사드린다. 다시 펴내며 이야기 몇 개를 덜어내고, 거친 문장을 가다듬었을 뿐 큰 틀은 바꾸지 않았다.《마흔의 서재》를 기꺼운 마음으로 새로 펴내는 프시케의숲 출판사에 감사드린다.

2019년 겨울의 초입에

장석주 씀

차례

제1장
마흔이라는 인생의 한 페이지

마흔은 인생의 오후, 빛은 따뜻하고 그림자 길어져,
걸음을 느리게 잡아당기면 곧 펼쳐질 금빛 석양을 기대하면서
잠시 쉬어가도 좋은 시간. 아침부터 수고한 마음을
도닥거리고 어루만지며 남은 시간에 무엇을 할 것인지
평온하고 지혜롭게 사유하라. 그런 이에게 오후는 길고, 충만하다.

제2장
삶의 갈림길마다 책이 있다

하루를 끝내고 수고로운 발을 씻은 후 낮은 책상머리에 앉은 저물녘,
시간의 갈림길에서 나를 바로 세우는 것은 다른 무엇 아닌 책, 책이다.
책이 있어서 마흔의 긴 밤은 두렵지 않다.
과거의 나를 돌아보게 하고 현재의 나를 단속하며
내일의 나를 앞당겨보게 하는, 책. 책이 편안한 친구이다.

제3장

이전과는 다른 생이 기다린다

책을 덮고서 자리에 누우니 오롯이 한 평, 고독하고도 행복하다.
제 아무리 욕심껏 산들 돌아갈 때는 넓어도 한 평이라 했던가.
이 한 평에서 매일 꾸는 꿈. 그것이 있어 매일을 다르게 살 수 있고
다른 내일을 상상할 수 있다. 마음 꾹 다지고 잠들어 한 번 뒤척이면,
내일 아침, 또 다른 생이 기다리리.

제4장

넓어지지 말고, 깊어지는 삶을

매일 한 줌의 희망이 아침이라는 이름을 달고 온다.
소탈한 기도로 하루를 시작하라. 이 하루가 쌓여
마흔의 남은 인생 절반의 길이 되기를. 오후부터 깊어진 사유와,
책의 말과, 꿈들이 모여 이 넉넉한 하루를 빚어낼 것이다.
다시 몸이 풀린다. 다시 제대로 살 시간이다.

제1장

마흔이라는 인생의 한 페이지

마흔은 인생의 오후, 빛은 따뜻하고 그림자 길어져,
걸음을 느리게 잡아당기면 곧 펼쳐질 금빛 석양을 기대하면서
잠시 쉬어가도 좋은 시간. 아침부터 수고한 마음을
도닥거리고 어루만지며 남은 시간에 무엇을 할 것인지
평온하고 지혜롭게 사유하라.
그런 이에게 오후는 길고, 충만하다.

늦지 않았다, 초조해하지 마라

■

《마흔 살의 철학》

《마흔의 심리학》

《인생의 절반쯤 왔을 때 깨닫게 되는 것들》

《어느 철학자가 보낸 편지》

《속도에서 깊이로》

삶은 계속되고
아직 꿈꿀 시간은 많다
후회가 꿈을 대신하는 순간부터
우리는 늙기 시작한다

마흔이 되면 성공한 사람과 그렇지 않은 사람의 차이가 확연하게 드러난다. 대개 성공한 사람들은 사회적 지위와 가정생활이 두루 원만하고 안정적이다. 좋은 직장에 들어가 착실하게 실적을 쌓으며 회사의 신뢰를 얻고 부장이 되고 이사가 된 사람들도 마찬가지다. 그들은 얼굴빛이 환하다.

반면에 그렇지 못한 사람들은 가정이나 사회생활에서 불안정하다. 자주 이직을 하는 사이에 직장에서도 안정을 찾지 못하고, 월급도 가계를 꾸리기에 턱없이 부족하다. 공과금들을 연체하고 카드대금 결제일을 넘겨 쩔쩔매기도 한다. 직장을 뛰쳐나온 사람들은 자영업을 하며 새 삶을 모색하는데, 그도 만만치 않다. 아파트를 저당 잡혀 은행 융자를 받아 시작한 사업은 불경기 탓에 지지부진하다. 그러다가 원금을 까먹기 시작하면 불안이 영혼을 잠식한다. 잠도 오지 않는다. 가게가 망하면 어쩌나, 앞으로 어떻게 살 것인가, 이런 걱정들이 검은 구름처럼 영혼을 뒤덮는다.

> 아직 이루지 못한 것이 남아 있다는 것, 아직 삶에 채워 넣어야 할 것이 존재한다는 건 스트레스가 아니라 축복이다. 정리해고를 당했다고 절망할 필요도 없고, 아직 성공하지 못했다고 해서 우울해할 이유도 없다. 성공하는 인생은 좋은 직업이나 돈으로 이루어져 있지 않다. 세상에는 부자도 많지만, 가난해도 행복하게 사는 사람들도 많다. 중요한 건 살아야 할 이유와 보람이다. 자신이 살아야 할 이유와 보람을 찾는 일에 노력하는 사람은 늙지 않는다. 늙을 시간이 없다.
>
> 가와기타 요시노리, 《마흔 살의 철학》

꿈이 있다면, 마흔은 결코 늦은 나이가 아니다. 파울볼이라고 실망하지 마라. 실망해서 확신 없이 휘두른 배트는 허공을 가르고 당신은 삼진으로 아웃된다. 아웃되었다고 경기가 끝나는 것은 아니다. 불행과 불운이 당신의 인생을 휩쓸고 갔다 할지라도 낙담하지 마라. 아직도 살아갈 날들은 많고, 인생의 기회들은 여전히 남아 있다. 항상 최선을 다하라. 한번 삼진 아웃되었다고 해서 야구는 끝나지 않는다. 야구는 계속되니, 다음 타석을 기다리면 되는 것이다.

미국 대통령을 지낸 지미 카터는 1924년생이다. 아흔이 가까운 나이에 그가 이런 얘기를 했다. "후회가 꿈을 대신하는 순간부터 우리는 늙기 시작한다." 꿈을 잃으면 아무리 젊어도 노인이고, 꿈이 있다면 백발이어도 청년이다. 마흔은 젊지도, 그렇다고 늙지도 않은 나이다.

문제는 꿈이다. 꿈을 품은 마흔은 젊지만 꿈을 잃은 마흔은 이미 늙은 것이다. 모네가 수련을 그리기 시작한 나이가 76세 때이다. 벤저민 프랭클린은 78세에 이중 초점 렌즈를 발명했다. 이들에 견주자면 당신의 마흔은 아직 새파란 청춘이다. 그러나 속내를 들여다보면 마흔에 이미 늙은 청춘들도 꽤 있다. 그들에겐 삶을 힘차게 이끌어갈 꿈의 추동력이 존재하지 않는다. 그들은 인생의 즐거움들을 누리는 대신에 인생에 따르는 온갖 책임과 의무들에 매여 살 따름이다.

변화를 꿈꾸며 과감하게
새 길로 들어서라
새 길에서 짐은 가볍게 하고
책으로 무게를 채워라

흔히 전원시인으로 일컬어지는 도연명은 생활고에 쫓겨 관직에 들어갔으나 저보다 직급이 높은 감독관의 오만한 태도에 굴욕감을 느껴 "겨우 쌀 다섯 말 때문에 하찮은 시골관리한테 굽실거릴

수 없다"고 말하고 관직에서 물러났다. 이때 도연명의 나이는 마흔 무렵이다. 그때 지은 〈귀거래사歸去來辭〉에는 그의 마음이 그대로 비친다.

돌아가련다
사귐도 그만두고 교유도 끊으리
세상과 나는 어긋나기만 하니
다시 수레를 타고 무엇을 구하리
친척의 정다운 이야기를 기뻐하고
거문고와 책으로 시름을 삭이리라

이 시를 적은 뒤 그는 고향으로 돌아갔다. 그 뒤로 벼슬길에 나서지 않은 채 시골에 은둔하며 청경우독晴耕雨讀의 생활을 이어갔다. 도연명은 비록 가난에서 벗어날 수는 없었지만 단순하고 소박하게 살며 진정으로 인생을 누렸다. 마흔에 이른 도연명이 그랬듯이 당신은 과감하게 삶을 변화시킬 수 있는가?

마흔은 인생이라는 여정에서 변화의 한가운데 서는 나이다. 인생을 하루로 치자면 마흔은 오후 4시에 해당한다. 무언가를 새로 시작하기에는 늦은 감이 들고, 그렇다고 아무것도 하지 않을 수도 없는 나이가 마흔이다. 젊음은 지나갔다. 마흔은 늙어감, 즉 노화를 받아들여야 하는 나이다. "오십이 되어 느끼는 노화는 이미 돌이킬 수 없다는 체념의 노화이고 서른의 노화는 그저 강 건너 불구경이지만, 마흔에는 노화라는 거스를 수 없는 변화의 한가운데 자리 잡고 있기 때문이기도 하다."(《마흔의 심리학》) 늙음은 생물학적 존재로서 피할 수 없는 현상이다. 피할 수 없다면 주저하지 말고 긍정하는 게 좋다.

"사람들이 나이보다 더 빨리 늙고 삶의 생기를 잃어가는 이유 가운데 하나는 짊어진 짐이 너무 무겁기 때문이다."(《인생의 절반쯤 왔을 때 깨닫게 되는 것들》) 자, 어떻게 할 것인가? 과감하게 인생의 짐들을 정리해야 한다. 불필요한 짐들은 덜어내고 단호하게 줄여야 한다. 이것은 쉬운 일이 아니다. "일이든 재물이든 너무 많이 짊어지면 목적지에 도착하기도 전에 지쳐버리게 마련이다. 반대로 너무 적게 들고 가면 목적지까지 가는 동안 외톨이가 되거나 위험에 제대로 대처할 수 없으며 고생을 해야 한다."(《인생의 절반쯤 왔을 때 깨닫게 되는 것들》) 무엇이 더 중요하고 무엇이 덜 중요한지 결정해야 한다.

그것 없이는 도무지 살 수 없는 것들. 그게 남겨야 할 짐들이다. 짐을 가볍게 하라. 당신의 인생에 꼭 필요한 것들만 남기고 나머지는 과감하게 버려라. "짐을 가볍게 한다는 것은 제 손으로 삶을 정돈한다는 것, 외적 혼란으로부터 탈출한다는 것, 삶의 주된 목적과 무관한 많은 소유물을 포기하는 것"(《인생의 절반쯤 왔을 때 깨닫게 되는 것들》)이다.

> 여행의 이익은 단지 전혀 보지 못했던 것을 처음 보는 데 있는 게 아니고—완전히 새롭다고 할 수 있는 것이 이 세상에 있을까—오히려 평소 낯익은 것, 이미 알고 있는 것처럼 생각하던 것에 경이를 느끼고 새롭게 다시 보는 데 있다. 우리의 일상생활은 행동적이어서, 도착점 혹은 결과에만 관심이 있을 뿐, 그 밖의 것, 도중의 것, 과정은 이미 알고 있는 것으로 전제되어 있다. 매일 습관적으로 출근하는 사람은, 그날 집을 나와서 사무실까지 오는 동안에 그가 무엇을 했고 무엇을 만났는가를 아마도 생각해낼 수가 없을 것이다. 그러나 여행에서 우리는 순수하게 관상적으로 될 수가 있다. 여행하는 사람은 행하는 자가 아니라 보는 사람인 것이다. 이와 같이 순수하게 관상적으로 됨으로써 평소 이미 알고 있는 것, 자명한 것이라고 전제하던 것에 대해서 우리는 새롭게 경이감을 느끼거나 호기심을 느낀다. 여행이 경험이며, 교육인 것도 이 때문이다.
>
> 미키 기요시, 《어느 철학자가 보낸 편지》

인생은 하나의 여정旅程이다. 인생은 목적지보다 그 과정 자체가 소중하다. 인생을 여행과 겹쳐놓고 보면 그 의미가 한결 또렷하게 드러난다. 여행에서 만나는 낯설고 신기한 풍물들은 우리 호기심을 자극하고 내면에 경이감을 불러일으킨다. 낯선 것들도 자세히 들여다보면 어딘가 낯익은 데가 있다는 것을 느낄 수가 있다. 여행의 경이로움은 낯선 형상으로 우리 앞에 나타난 낯익음이 불러일으키는 것이다. 그러니까 여행의 즐거움은 '낯익은 것을 새롭게 보기'를 함으로써 느끼는 즐거움이다. 동물들에게는 경이가 없다. 오로지 사람만이 경이를 느낀다. 더 많은 경이를 느끼는 사람이 더 풍요롭게 사는 사람이다. 경이는 예민한 감응력이 있을 때 일어나는 마음의 파동이다. 모든 자명한 것에서 새롭게 경이감을 느낄 때, 우리는 그만큼 더 행복해진다.

마흔은 인생이라는 여정의
절반쯤일 뿐이다
여행계획표에는 아직 좋은 것들이 남아 있다
가장 좋은 것은
조금 늦게 오는 것이다

아직 여행은 절반쯤밖에 오지 않았다. 지금까지 여행이 행복하지 않았다고 주눅 들지 마라. 인생에서 이루지 못한 것들에 대한 후회와 회한보다 이미 이룬 것들에 대한 보람과 뿌듯함을 더 가슴

에 새겨라. 가슴을 쭉 펴고 앞을 내다보라. 마흔은 인생이라는 여정에서 딱 중간쯤에 해당한다.

마흔은 지나간 삶을 돌아봐야 할 때, 마흔은 앞으로 살아야 할 날들에 대한 새로운 계획을 짜야 할 때, 마흔은 결단을 해야 할 때, 마흔은 다시 공부를 시작해야 할 때, 마흔은 인간관계에 대해 신중하게 점검을 해야 할 때, 마흔은 열정을 다시 지펴야 할 때, 마흔은 끝이 아니라 새로운 시작을 준비해야 할 때, 마흔은 이제 새로운 인생의 2막을 열어야 할 때다. 인생의 1막은 끝났다. 인생 1막이 미흡했다고 마냥 후회하고만 있을 수는 없다. 마음을 열고 인생 2막을 맞도록 하자.

오늘 마흔의 언덕에 외로이 서 있는 당신을 위해 벤저민 프랭클린이 성공하는 인생을 위해 제안하는 13가지의 규범을 소개한다. 프랭클린은 이것을 '도덕적 완전함에 이르기 위한 담대하고 험난한 계획'이라고 했다.

절제: 배부르도록 먹지 마라. 취하도록 마시지 마라.

침묵: 자신이나 타인에게 유익한 말만 하라. 쓸데없는 대화를 피하라.

규율: 모든 물건은 제자리에 두어라. 모든 일은 제때에 하라.

결단: 해야 할 일은 실천할 것을 결심하고 결심한 일은 반드시 실행하라.

검약: 자신이나 남에게 이로운 일에만 돈을 써라. 쓸데없이 낭비하지 마라.

근면: 시간을 낭비하지 마라. 언제나 유익한 일을 하라. 불필요한 행동을 삼가라.

성실: 타인을 속여 상처를 주지 마라. 결백하고 공정하게 생각하라. 말할 때도 그렇게 하라.

정의: 타인을 모욕하거나 해야 할 일을 하지 않음으로써 타인의 이익을 해치지 마라.

중용: 극단을 피하고 당연하다고 생각되는 경우에도 화를 자제하라.

청결: 신체, 의복, 주택을 불결하게 하지 마라.

평온: 사소한 일이나 피할 수 없는 사고에 흥분하지 마라.

순결: 성관계는 건강과 자손을 위해서만 하라. 그로 인해 심신이 둔해지거나 약해지지 않도록 하고 자신이나 타인의 평화 혹은 명성에 해가 되지 않도록 하라.

겸양: 예수와 소크라테스를 본받으라.

벤저민 프랭클린(윌리엄 파워스, 《속도에서 깊이로》에서 재인용)

이 목록들은 가치 있는 삶을 살려는 모든 사람에게 유익한 덕목들이 무엇인지를 보여준다. 절제, 침묵, 규율, 결단, 검약, 근면, 성실, 정의, 중용, 청결, 평온, 순결, 겸양. 우리가 인생을 살면서 귀에

딱지가 앉도록 많이 들어온 것들이다. 새로울 것도 없지만 이것들이 우리 인생을 미혹에 빠지지 않고 꿋꿋하게 설 수 있도록 붙잡아둔다는 사실에는 변함이 없다. 프랭클린은 뒤늦게 이것들을 실천으로 옮기는 일이 만만치 않다는 사실을 깨달았다. 실천하기 어려운 턱없이 높은 수준의 덕목(예를 들면, 예수와 소크라테스를 본받으라! 이것은 코끼리에게 공중을 날아보라고 하는 것과 같다. 도무지 불가능한 일인 것이다)들이라고 여겨지는 몇 개는 느슨하게 수정하기도 했다. 하지만 일생 동안 이 덕목들에 충실하려고 노력했다. 프랭클린이 기자, 저술가, 과학자, 발명가, 공무원, 정치가로 성공한 삶을 살았던 것도 이 덕목을 실천하려는 노력 때문이었다.

마흔, 당신의 인생 전성기는 아직 오지 않았다. 가장 좋은 것은 아직 오지 않았다. 가장 좋았으니까 아직 오지 않은 것이다. 가장 좋은 것은 조금 늦게 온다. 마흔은 이미 늦었다고 생각하는 사람에게는 늦은 나이지만 꿈을 가진 사람에게는 늦지 않은 나이다.

오후의 지혜를 채워라

■

《논어》

《현대인의 영혼을 찾아서》

《인생의 절반쯤 왔을 때 깨닫게 되는 것들》

마흔은 이제 막 오후에
접어들었을 뿐이다
인생의 아침에 품었던 것들을 지우고
새로운 마음으로
다시 시작할 수 있는 시간이다

청소년기를 크게 방황하며 보낸 나는 마흔이 되면 《논어》를 읽어야겠다고 생각했다. 나는 불운했다. 가난한 집안의 장남으로 태어났고, 건강도 그리 좋지 못했다. 청소년기에는 남들과 다른 길로 들어서며 낙담을 겪기도 했다. 공부에 충실하지 못하고 좋은 벗들을 사귀지도 못했다. 앞날에 희망이 없었다. 무엇을 해서 먹고살까를 궁리했지만 마땅하지 않았다. 막연하게 뭐라도 되겠지, 하면서도 속으로는 두려움과 불안이 소용돌이쳤다. 후에 읽은 《논어》에서 "꽃 피지 못하는 싹이 있고, 열매 맺지 못하는 꽃이 있다"(〈자한〉)라는 구절을 보았는데, 내가 꼭 그렇게 될까 봐서 염려하는 바가 깊었다.

그저 좋아하는 게 책 읽는 일이고 시를 쓰는 것이어서, 오랫동안 시립도서관에 처박혀 꾸역꾸역 책을 읽고 노트에 아무도 읽어주지 않는 시를 썼다. 20대 중반이 되어서야 길이 열리는 듯싶었다. 중앙 일간지의 신춘문예 공모에 시가 당선하고, 출판사 편집부에 일자리를 얻었다. 비로소 어렴풋하게나마 나만의 이정표를 그리며 어떻게 삶을 꾸려야 바람직한지 알 듯했다.

인생의 절반쯤에 해당하는 마흔이 넘어서 《논어》를 접하게 되었다. 그 이전에 내가 《논어》에 대해 아는 것이라곤 "지혜로운 사람은 물을 좋아하고 어진 사람은 산을 좋아한다"는 게 공자의 말씀이라는 정도였다. 지혜로운 사람은 왜 물을 좋아하고, 어진 사람은 왜 산을 좋아할까? 지혜로운 사람과 어진 사람은 어떤 차이를 가졌을까? 나는 그런 평범한 의문들을 품었다. 물을 좋아하고 산을 좋아하는 것은 사회의 이전투구하는 각박함에서 벗어나 자연 안에서 마음의 한가로움을 즐길 줄 안다는 뜻이다. 어쨌든 마음과 자연이 하나가 되어 노니는 것은 아무나 쉽게 이룰 수 있는 경지가 아니다.

공자는 네 가지를 끊었다고 했다. 억측하지 않고, 집착하지 않고, 고루하지 않고, 아집을 버렸다. 그쯤 되면 사는 일에 크게 구애를 받을 일도 없겠다. 《논어》를 열심히 읽어 가난하나 아첨함이 없고, 부유하나 교만함이 없는 지혜에 이르고 싶었다. 공자의 제자였던 안회가 바로 그런 사람이다.

> 안회는 그 얼마나 어진가! 밥 한 공기에 물 한 바가지를 먹고 누추한 집에 살며, 보통 사람은 견딜 수 없는 근심을 즐거움으로 삼고 있지 않는가.
>
> 《논어》, 〈옹야〉

안회는 가난하나 가난에 구애받지 않은 채 인생을 즐기고 누렸던 사람이었다. 공자는 그의 성품이 정말로 어질다고 칭찬했다.

마흔은 어느덧 인생의 오후로 접어드는 시기다. 변변하게 해놓은 일도 없이 천둥벌거숭이로 살아왔는데, 돌아보니 벌써, 마흔이다. 그 누군들 당황하지 않을 수 있겠는가! 사람들은 많은 것을 안다고 생각하지만, 분명한 것은 아무리 많이 안다고 해도 아는 것보다 모르는 게 훨씬 더 많다는 것이다. 더구나 그게 인생이라면 더욱 그렇다. 나는 꽤나 책도 읽고 모르는 것보다 아는 게 많은 척했지만, 인생에 대해서 무지했다고 말할 수밖에 없는 처지였다. 어느 날 돌아보니, 인생의 완성과 조화에 이르는 지도가 없다는 사실을 깨달았다. 사람됨의 근본을 깨치지도 못한 채 어리석음으로 가득 찬 마흔을 맞는다는 것은 얼마나 끔찍한 일인가.

> 우리는 전혀 준비되지 않은 채로 인생의 오후로 접어든다. 그리고 그보다 더 나쁜 것은 그릇된 전제를 안고 이 길에 들어선다는 것이다. 하지만 우리는 인생의 아침에 가졌던 프로그램으로 인생의 오후를 살 수는 없다. 아침에는 괜찮았던 것들이 저녁에는 쓸모없을 수 있고, 아침엔 진실이었던 것이 저녁엔 거짓이 될 수도 있기 때문이다. 나이가 들어가는 사람들은 자신들의 삶이 어딘가를 향해 오르거나 펼쳐지는 것이 아니라, 냉혹한 내면의 과

정이 삶의 수축을 강요한다는 것을 알아야 한다.

칼 융,《현대인의 영혼을 찾아서》

어느 날 경부고속도로에서 자동차를 운전하다가 시속 100킬로미터 이상으로 자동차들이 씽씽 달리는 고속도로 위에서 팔랑이는 하얀 나비 한 마리를 보았다. 나비는 도무지 제 처지가 어떤지도 모른 채 팔랑거리며 난다. 나비는 달리는 자동차 위에 앉을 수 없다. 문득 고속도로 위에서 혼자 위태롭게 팔랑거리며 나는 하얀 나비와 내 처지가 같다는 생각이 들었다. 나는 인생의 아침에 어떤 나침반도 없이 황량하고 거친 사막으로 떠밀려갔다. 물론 책을 읽으며 몇 가지 삶의 진실들에 대해 깨닫지 못한 것은 아니었지만, 그것만으로 남은 인생을 살기에는 턱없이 부족할 테다. "아침엔 진실이었던 것이 저녁엔 거짓이 될 수도 있다"는 사실을 알고 있었다.

이제 더 이상 마흔은
불혹이 아니다
마흔이 이토록 흔들리는 것은
붙잡아줄 지혜가 없기 때문이다

공자는 마흔이 불혹不惑이라고 했다. 미혹이 없음, 즉 흔들림이 없다는 뜻이다. 웬만한 일로는 흔들림이 없다는 것은 세상의 이치를 꿰고 삶의 근본에 대한 통찰이 깊어졌다는 뜻이다.

> 나는 열다섯에 배움에 뜻을 두었고, 서른에 정립하였으며, 마흔이 되어서는 현혹되지 않았고, 쉰이 되어서는 천명을 알게 되었고, 예순이 되어서는 귀가 순응했으며, 일흔이 되어서는 마음 내키는 대로 행하더라도 법도를 넘기지 않았다.
>
> 《논어》, 〈위정〉

인생에 대한 어떤 확신도 없이 맞는 오늘의 마흔은 미혹迷惑이다. 내 경험에 되비쳐보자면, 마흔은 분명 어른이 아니다. 공자시대에 마흔은 어른이었을지 모르지만 오늘날 마흔에 이른 사람들은 철이 나지 않은 그저 늙은 소년이다. 마흔의 소년 소녀들. 그들은 확신도, 삶의 목적도 모호한 채 여전히 흔들린다. 마흔이 불안한 건 그 때문이다.

왜 그럴까? 삶을 통찰하는 지혜가 없거나 부족하기 때문이다. 그들은 지혜 대신에 실용을 따르고 익혔다. 한마디로 천박한 실용주의다. 돈만 있으면 잘 살 수 있다고 배워온 것이다. 정말로 돈만 있다고 잘 살 수 있을까? 천만의 말씀이다. 문제는 지혜다. 지혜를 배우지 못한 채 맞은 마흔은 미혹이고 재앙이다. 흔들린다. 흔들리지 않고 피는 꽃이 어디 있으랴? 흔들림도 흔들림 나름이다. 마흔, 그들은 방황한다. 지혜가 없기 때문이다.

공자는 낚시는 했지만 그물을 가지고 물고기를 잡지는 않았고, 새를 활로 쏘아 잡기는 했지만 둥지에서 잠자는 새를 쏘지는 않았다. 그런데 오늘날 사람들은 그물을 써서 고기를 잡으려고 한다. 둥지에서 알을 품고 있는 새라도 잡는 것을 마다하지 하지 않는다. 더 많은 물고기를 잡고 더 많은 새를 잡는 것을 더 훌륭하게 여기기 때문이다.

공자는 왜 굳이 낚싯대를 드리워 물고기를 낚고 둥지에 있는 새는 잡지 않았을까? 공자는 사람이 인애仁愛 없이 사는 것을 천하게 여겼다. 세상이 인애를 업신여기고 물질을 숭상하면서 날이 갈수록 살기가 팍팍해졌다. 탐욕은 세상을 삭막하고 황량한 사막으로 만든다. 공자의 가르침처럼 인仁, 의義, 예禮, 지智, 신信이 펼쳐지면 세상이라는 사막을 초원으로 바꿀 수 있다. 이것들은 다 개인의 도덕적 수양과 관련이 있다. 더 나은 세상이 되기 위해서는, 세상을 이루는 한 사람 한 사람이 더 나은 사람이 되어야만 할 것이다.

나 역시 어떻게 하면 더 잘 살 수 있는가를 오랫동안 궁구했다. 여러 시행착오 끝에 오늘의 삶에 안착했다. 바람직한 삶의 공식은 의외로 단순한지도 모른다. 한 책에서, 인생이라는 단순하지 않은 것을 위한 '단순한 공식'이라며 다음을 제시했다.

자기가 속한 곳에서place, 사랑하는 이들과 함께하며love, 삶의 목적을 위해purpose, 자기 일을 하는 것work.

_리처드 J. 라이더, 데이비드 A. 샤피로,

《인생의 절반쯤 왔을 때 깨닫게 되는 것들》

남은 인생을 어떻게 살아야 할지 모르겠다는 사람들에게 도움이 될 말이다. 내겐 성취감을 느끼게 하는 일이 있고, 삶에 의미를 주는 분명한 목적이 있다. 그리고 삶이 일과 사랑과 장소의 조화에 이른 것에 만족한다. 내가 그럴 수 있는 건, 인생에 대해 알아야 할 모든 것이 담긴 책,《논어》덕분이다.

인생의 초안을
다시 써라

■
《내가 사랑하는 삶》
《자발적 가난》

마흔 즈음이 되면
인생의 초안이 바뀌어버린
순간을 느낀다
인생의 초안을 돌아볼 시간,
그때 우리는 어떤 말들을 새겨 넣었던가

서른다섯 해쯤을 시 쓰는 사람으로 살았다. 그 말은 삶의 물질적 규모를 키우는 속도와 효용성과는 무관하게 살았다는 뜻이다. 십여 년 전 서울 살림을 접고 시골로 내려와 집 짓고 뜰에 모란과 작약을 심고 삽살개를 키우며 노자와 장자, 그리고 《주역》 따위의 책들을 벗 삼아 살았다. 날마다 책상 위에 쌓인 책들을 한 권씩 읽고, 시골길들을 걸으며 번개와 섬광을 붙잡아 서너 줄씩 이어지는 글들을 쓰며 살아왔다. 내가 누린 게 바로 지복의 삶이다.

> 공부하고 책 읽는 것을 복이라 말하고, 남을 도울 힘이 있는 것을 복이라 한다. 학문하여 저술이 있는 것을 복이라 하고, 시비 소리가 귀에 들리는 일이 없는 것을 복이라 하며, 아는 것 많고 바르면서도 진실한 친구가 있는 것을 복이라 한다.
>
> 장조 · 주석수, 《내가 사랑하는 삶》

해질녘이면 처마에 사는 늑대거미들이 내려오고 밤에는 산에서 내려온 너구리 일가가 불 켜진 부엌을 호기심 어린 눈으로 들여다본다. 시골로 내려와 살며 인생의 신고辛苦는 줄고 작은 즐거움들은 늘었다. 3만여 권에 다다른 장서, 열 몇 권의 시집, 늙어가는 벗, 클래식 CD, 포도주의 깊은 맛을 즐기는 혀…… 따위다.

청나라 초기의 문장가 장조張潮는 "하루의 계획으로 파초를 심고, 한 해의 계획으로 대나무를 심고, 십 년의 계획으로 버들을 심고, 백 년의 계획으로 소나무를 심는다"고 했다. 시 쓰기는 파초를 심는 것이고, 책 읽기는 백 년의 계획으로 소나무를 심는 것에 견줄 수 있겠다.

시골에서 나서 십 년쯤을 살고 그 뒤 서른다섯 해는 도시에서 누구보다 열심히 살았다. 크고 작은 성공과 실패를 겪었다. 도시에서 산다는 것은 대개는 목표지향적인 삶에 투신하는 것을 뜻한다. 더 많은 재산, 승진, 새 차, 더 넓은 아파트, 사치, 맛있는 음식, 도락에서 얻는 쾌락들……. 이런 것들을 탐하고 앞으로 나아가며 무한 속도로 경쟁하는 삶. 내 안에 일렁이는 욕망은 삶의 속도를 가속화시키는 액셀러레이터이다. 그걸 굳이 부끄러워하지는 않았다.

그런데 어느 날, 그 모든 게 부질없다고 느껴졌다. 나는 순결한 마음으로 품었던 '인생의 초안'을 떠올려봤다. 그 궁리의 끝에 시골에서의 삶을 선택하고 결연히 도시에서의 삶을 접었다.

시골로 거처를 옮기며 대나무와 같은 삶을 꿈꾸었다. 대나무는 속이 비어 있는 나무다. 대개의 빈 것들은 마음을 애잔하게 울린다. 빈 것은 청빈淸貧과 통한다. 비움 중에 마음을 비우는 일이 어렵기로는 으뜸이다. 마음을 비운 이들은 우선 그 태도에서 초연하다. 초연함은 본질적으로 탈속이다. 초연한 것에는 맑은 기운이 깃든다.

대숲은 겨울에 볼만한 풍경 중의 하나이다. 대숲에는 차고 맑은 기운이 있고 고요가 깊어 고즈넉하다. 눈을 밟을 때마다 발밑에서 울리는 소리가 난다. 잎잎에 쌓인 눈의 무게를 이기지 못해 활처럼 휜 대나무들이 어느 결에 눈을 털고 척추를 곧추세운다. 나는 대나무를 사랑한다.

고승 혜심慧諶은 대나무의 생태와 그윽한 기품을 예찬한 글을 남겼는데, 그 열 가지는 다음과 같다. 첫째, 나자마자 우뚝 자란다. 둘째, 늙을수록 더욱 굳세다. 셋째, 그 결이 고르고 곧다. 넷째, 성품이 맑고 서늘하다. 다섯째, 소리가 사랑스럽다. 여섯째, 외모가 볼 만하다. 일곱째, 마음이 비어 사물에 잘 대응한다. 여덟째 절개를 지켜 추위를 참는다. 아홉째, 맛이 좋아 사람의 입맛을 돋운다. 열째, 재능이 많아 세상을 이롭게 한다.

대나무는 속이 빈 탓에 쓰임이 많다. 속이 차 있다면 대금·통소·단소·생황·해금과 같은 악기로 태어날 수 없었을 터다. 시골에 와서 굳이 대나무를 심는 것은 대나무의 생리에서 배우고 마음에 새길 바가 있었기 때문이다.

지켜지지 않은 것, 수정해야 하는 것에
두려워할 필요는 없다
과감하게 인생의 초안을 수정할 용기를 가져야 한다
마음 안에 새 꿈을 써 붙여야 한다

무소유의 실천으로 비움이 무엇인가를 보여준 인류의 큰 스승 간디는 이렇게 말한다. "우리는 큰일을 생각하지 않고 선한 일을 생각해야 한다. 우리의 적은 우리 자신, 즉 우리의 욕망이다." 비움은 마음에 채운 욕심을 버리는 것에서 시작한다. 과욕과 탐욕에 들린 자들은 비움이 주는 자유와 기쁨을 알지 못한다. 제 이익을 먼저 구하는 탓에 남을 배려할 줄 모른다. 저에겐 너그럽고 남에게 가혹한 잣대를 들이댄다. 마음을 비우면 사람이 너그럽고 맑아진다. 그런 사람 곁에 있으면 편안하고 화평하다.

달도 차면 기운다. 대지를 풍요롭게 채우는 가을이 오면, 곧 채운 것들을 비워내는 겨울을 예비해야 한다. 비우면 채워지고, 채우면 비워지는 게 우주만물에 작용하는 이치다. 이미 채워진 것에는 더 채울 수가 없다. 그렇기 때문에 채우기를 원한다면 먼저 비워야 한다.

대나무처럼 비우고 살라. 내가 비울 때 누군가는 그 비움을 통해 얻은 잉여의 혜택을 누린다. 인류는 생존하기 위해 남의 도움을 빌릴 수밖에 없다. 우리는 남과 더불어 공존해야 하는 존재이므로 함께 살아야 할 남의 몫을 가로채서는 안 된다. 인류가 안고 있는 모든 문제의 근원에는 다 이기주의가 숨어 있다. 나와 남은 불이不二다.

비우려는 자는 먼저 맹목적인 탐욕을 버려야 하고 자발적 가난에 처하는 실천이 따라야 한다. 비움은 실존적 선택의 문제이다. 그것의 실천에는 희생의 각오와 비상한 용기가 필요하다. 비운 자들은 모든 형태의 불로소득과 같은, 노동 없는 부富를 자랑하지 않는다. 양심 없는 쾌락을 누리려 하지 않는다. 인격 없는 지식을 높이 따르지 않는다. 윤리 없는 비즈니스를 하지 않는다. 인성 없는 과학을 숭상하지 않는다. 자기희생 없는 종교는 거부한다.

비움의 가장 높은 단계는 무욕과 무소유를 실천하는 것이다. 비움의 삶은 곧 핸드메이드 라이프를 사는 것과 같다. 제 입에 들어갈 곡식을 가꾸고 제가 쓸 가구를 스스로 만드는 게 핸드메이드 라이프다. 간디와 소로, 스콧 니어링 등은 이것을 실천했다. 그들은 노동을 통해 생계를 세우고 진정으로 남을 사랑하는 것에서 기쁨과 보람을 찾았다. 소박한 밥상, 소박한 살림, 소박한 기쁨과 평화가 무엇인가를 보여주었다. 내 참스승들이다. 그들의 글은 흐트러진 매무새를 여미게 한다.

> 즐거움은 물질에 있는 것이 아니라 우리 안에 있으며, 어디에나 퍼져 있는 불안이나 불만족 또한 적어도 외부 조건만큼이나 그 원인이 우리 자신에게 있다. 자신을 진정으로 여가를 위해 바치려면, 견고한 바탕 위에 서 있다고 스스로 느껴야 하며 삶을 믿고 자신 안에서 그것을 발견할 수 있어야 한다. 여기에 우리의 약점이 있다. 삶이 살 만한 가치가 있음에 회의를 품은 채로 어찌 삶을 즐길 수 있겠는가? 이 외에도 사람의 감각을 남용시키는데 기여하는 생명 본능의 불안한 조울증이 있다. 어떤 것이든 지나치면 우리의 감각을 얼룩지게 하고, 행복의 조건들에 해독을 끼친다. 뛰어난 수단들은 대부분 이미 발명되었다. 그에 필요한 자금들은 모두 투자되었다. 가능하든 불가능하든, 이미 모든 것은 시도되었다. 하지만 이 모든 복잡한 증류 과정에도 아직 누구도 참된 기쁨의 증류수를 단 한 방울도 얻지 못했다. 우리는 즐거움을 즐거움의 수단과 뒤섞지 말아야 한다.
>
> E. F. 슈마허 외, 《자발적 가난》

애초에 삶이 살 만한 가치가 없다고 생각하는 사람은 삶의 참다운 즐거움을 느낄 수가 없다. 삶은 분명 살 만한 가치가 있다. 삶이 살 만한 가치가 없다고 여기는 사람은 아직 그 가치를 발견하지 못한 사람일 뿐이다. 삶은 가치와 의미를 찾는 여정이다. 나는 느림과 비움에서 삶의 가치를 찾았다.

즐거움은 물질에 있지 않고 우리 마음에 있다. 그러니 물질을 좇는 삶을 그쳐라. 대신에 죽음에 대한 앎, 절대자, 탐미 본능에 대한 탐구, 배움과 가르침, 영성, 자연에 따르는 삶 등에서 의미를 찾아라. 나는 천천히 먹고 이것들에 대해 숙고할 수 있는 시골의 삶을 기꺼워한다.

물질을 찾고 늘리기를 멈추고 심령의 가난함을 돌보는 게 비움이다. 돈을 더 벌기 위해 아등바등하는 짓을 그치고 제 마음을 돌아보는 일이 비움의 본질이다. 제 마음에 가득 찬 미움과 적의, 슬픔과 증오, 낙담과 분노를 덜어내고 그 덜어낸 자리를 영성靈性으로 넉넉하게 채우는 게 비움의 철학이고, 세상 앞에 자신을 한없이 낮추고 겸손해지는 게 비움의 미학이다.

진정으로 비운 사람은 소박함에 처한다. 마음을 비우고, 인생의 초안이 무엇이었는가를 다시 돌아보라. 쓸데없는 회의나 불안 따위에서 벗어나라. 인생의 지복과 지복에 이르는 수단을 뒤섞지 마라.

피로한 마음,
누일 곳을 찾아라

■

《피로사회》

너무 피로한 사회가
우리의 휴식을 삼켜버린다
피로사회에 정복되지 말고 쉼을 찾아야 한다
쉼은 빈둥거림이 아니다
자신의 내면과 만나는 바쁜 시간이다

새벽부터 원고를 쓰고 난 뒤 겨우 숨을 돌린다. 독촉을 받던 원고이다. 원고를 끝냈으니 점심 식사 전까지는 여유가 있다. 책상 앞에서 기지개를 켠 뒤 우선 물을 끓이고 차를 준비한다. 커피는 마시지 않는다. 대신에 차를 날마다 마신다. 뜨거운 찻물이 목구멍으로 넘어갈 때 정말 기분이 좋아진다. 찻물을 한 모금씩 목구멍 너머로 흘려보내며 눈을 감고 차의 향기를 음미한다. 찻물은 몸에 들어가 얼어 있던 혈관을 깨우고 근육을 깨우고, 내 안의 근원적인 고요를 깨운다. 마음이 그 고요의 문턱을 넘어설 때 나는 온갖 일들의 중압감에서 벗어나 홀연 가볍다.

문밖으로 나서니, 햇빛이 마치 뜨거운 촛농처럼 이마에 떨어져 따갑다. 작약이 초란初卵만 하게 동그란 꽃망울을 맺더니, 그새 활짝 피었다. 작약은 검붉은 꽃잎이 크고 화려하다. 연못에는 노랑어리연꽃 잎잎이 가득 번져 온통 푸르다. 부들은 키가 높이 자랐다.

논마다 송화가루가 내려앉고, 어린 모들은 물밖에 고개를 내밀고 있다. 어린 모들을 품은 논에 백로 두어 마리가 다리를 담그고 한가롭게 서 있다. 부신 눈을 반쯤 뜨고 보면 세상은 고요하고 평화롭다.

이 시대를 정보 홍수의 시대라고 한다. 어디에나 넘치는 정보가 우리의 휴식 시간을, 혼자 고요할 수 있는 시간을 삼켜버린다. 쉼은 빈둥거림이 아니다. 그것은 한가로운 바쁨이다. 자신의 내면과 만나기 위해 바쁜 게 쉼이다. 그것은 저절로 주어지는 것이 아니라 노력해서 얻어내야 하는 것이다.

오스트리아 사회학자 헬가 노보트니는 "휴식은 나와 내 인생에서 중요한 것 사이의 일치를 뜻한다"라고 말한다. 덜 바빠야 더 행복하다. 그래야만 나와 내 인생에서 중요한 것들이 일치될 수 있으니까. 빽빽한 일정에 매여 옴짝달싹도 할 수 없는 사람보다는 일과 일 사이에 쉼을 갖는 사람이 인생의 심오함을 더 깨닫게 된다.

> 성과주체는 성과의 극대화를 위해 강제하는 자유 또는 자유로운 강제에 몸을 맡긴다. 과다한 노동과 성과는 자기 착취로까지 치닫는다. 자기 착취는 자유롭다는 느낌을 동반하기 때문에 타자의 착취보다 더 효율적이다. 착취자는 동시에 피착취자이다. 가해자와 피해자는 더 이상 분리되지 않는다. 이러한 자기 관계적

상태는 어떤 역설적 자유, 자체 내에 존재하는 강제구조로 인해 폭력으로 돌변하는 자유를 낳는다.

한병철,《피로사회》

재독철학자인 한병철은 현대사회가 "과잉 생산, 과잉 가동, 과잉 커뮤니케이션"으로 움직인다고 말한다. 이로 인해 "긍정성의 과잉"이 넓게 퍼지면서 "심리적 경색으로 이어지는 신경성 폭력"에 노출되어 있다. 다시 말해 "긍정성의 과잉은 자극, 정보, 충동의 과잉으로 표출"되고 이로 인해 현대사회는 "피로사회"가 되고 말았다고 진단한다.

문제는 과다한 노동과 성과가 결국은 자기 착취로 이어진다는 것, 이것들은 외부의 강제가 아니라 성과주체가 피해자인 동시에 가해자가 된다는 점이다. 한병철의 통찰은 날카롭다. 누구의 강요에 의해서가 아니라 스스로의 판단과 선택에 의해 과잉노동을 하며 자기 착취를 한다는 것이다.

발터 벤야민은 깊은 심심함을 "경험의 알을 품고 있는 새"라고 부른 바 있다. 잠이 육체적 이완의 정점이라면 깊은 심심함은 정신적 이완의 정점이다. 단순한 분주함은 어떤 새로운 것도 낳지 못한다. 그것은 존재하는 것을 자생하고 가속화할 따름이다. 벤야민은 꿈의 새가 깃드는 이완과 시간의 둥지가 현대에 와서 점점 사라져가고 있다고 한탄한다. 이제 더 이상 그 누구도 그런 것을 "짜지도, 잣지도" 않는다. 심심함이란 "속에 가장 열정적이고 화려한 안감을 댄 따뜻한 잿빛 수건이다." 그리고 "우리는 꿈꿀 때 이 수건으로 몸을 감싼다." 우리는 "수건 안감의 아라베스크 무늬 속에서 안식한다."

한병철, 《피로사회》

무엇을 위한 일이고 누구를 위한 일인가? 잘 살자고 하는 일이 아닌가? 헌데 일이 우리를 삼켜버린다면, 우리가 일의 노예가 되어 허덕인다면, 우리는 잘 살 수가 없다. 잘 살기 위해 잘 쉬어야 한다. 쉼은 열심히 일한 것에 대한 보상이다. 쉼 없는 일은 필경 몸과 마음의 고갈을 불러올 것이다.

쉼은 아무것도 하지 않는 시간이 아니다. 쉼은 고갈된 에너지를 충전하는 시간, 일에 팽개쳐두었던 자기 자신을 돌보고 보듬는 피정避靜의 시간이다. 이 시간은 넘치는 정보의 먼지들로 오염된 자기 정화를 위해 빠뜨릴 수 없다. 쉼은 밀도 있는 시간, 의미로 충만한 시간이다.

행복의 자리를 내어주어라

■

《그리스인 조르바》

생의 기쁨과 슬픔의 총량은 비슷한데 왜
누구는 유독 행복하고
누구는 유독 불행한가?
혹시 마음 안에 행복의 자리를 없애고는
행복을 좇아 방황하고 있지는 않은가?

많은 사람들이 행복해지기를 원하지만 정작 행복을 느끼면서 사는 사람은 드물다. 왜 그럴까? 행복의 자원들을 쓸데없는 걱정, 두려움, 우울증, 스트레스에게 쉽게 빼겨버리는 까닭이다. 누구나 살면서 겪는 기쁨과 괴로움의 요인들이나 그 총량은 엇비슷하다. 어떤 사람에게는 햇빛만 비치고 어떤 사람에게는 비만 내리는 경우는 없다. 햇빛과 비는 공평하다. 그럼에도 어떤 사람은 행복하고, 어떤 사람은 불행하다.

불행한 사람의 특징은 그냥 불행한 것이 아니라 몹시 불행하다는 것이다. 그들은 심장이 두근대는 행복한 순간을 꽉 틀어쥐고 제 것으로 붙잡지 못하고 흘려보낸다. 행복은 팡파레를 울리며 거창하게 다가오는 줄만 안다. 행복은 살그머니 왔다가 살그머니 사라진다. 행복한 순간들은 쉽게 놓치는 사람들이 걱정거리들은 어디로 도망갈까 두려운 듯 꽉 움켜쥔다. 그리고 자아를 세상과 불화하게 방치하면서 세상에 자기만큼 불행한 사람은 없다고 하소연한다.

조르바는 학교 문 앞에도 가보지 못했고 그 머리는 지식의 세례를 받은 일이 없다. 하지만 그는 만고풍상을 다 겪은 사람이다. 그래서 그 마음은 열려 있고 가슴은 원시적인 배짱으로 고스란히 잔뜩 부풀어 있다. 우리가 복잡하고 난해하다고 생각하는 문제를 조르바는 칼로 자르듯, 알렉산드로스 대왕이 고르디아스의 매듭을 자르듯이 풀어낸다. 온몸의 체중을 실어 두 발로 대지를 밟고 있는 이 조르바의 겨냥이 빗나갈 리 없다. 아프리카인들이 왜 뱀을 섬기는가? 뱀이 온몸을 땅에 붙이고 있어서 대지의 비밀을 더 잘 알 것이라고 믿기 때문이다. 그렇다. 뱀은 배로, 꼬리로, 그리고 머리로 대지의 비밀을 안다. 뱀은 늘 어머니 대지와 접촉하고 동거한다. 조르바의 경우도 이와 같다. 우리들 교육받은 자들이 오히려 공중을 나는 새들처럼 골이 빈 것들일 뿐…….

니코스 카잔차키스, 《그리스인 조르바》

존경하는 그리스 작가 니코스 카잔차키스가 창조한 인물 조르바는 이 세상에서 가장 행복한 사나이다. "두 발로 대지를 밟고 있는" 조르바. 학교라곤 문 앞에도 가 본 적이 없다. 부자도 아니다. 아는 것도 많지 않고 가진 것도 없지만 아무것도 그의 행복을 가로막을 수 없다. 요컨대 행복은 '조건'의 문제가 아니라 받아들이고 느낄 줄 아는 '능력'이다. 당연히 돈이 많다고 행복하지 않고 돈이 없다고 불행하지 않다.

주변을 살펴보면 신경질적이고 예민한 사람들은 행복의 조건들은 극소화하고 불행의 조건들은 극대화하면서 사는 데 익숙하다. 그들은 작은 것들과 순간의 행복을 감지하지 못한다. 심하게 말하자면 그들은 행복을 바로 보지 못하는 난독증이나 주의력결핍장애를 앓는 사람이라고 말할 수 있다.

> 내가 뭘 먹고 싶고 갖고 싶으면 어떻게 하는 줄 아십니까? 목구멍이 미어지도록 처넣어 다시는 그놈의 생각이 안 나도록 해버려요. 그러면 말만 들어도 구역질이 나는 겁니다. 이 이야기면 설명이 되겠군. 어렸을 때 말입니다. 나는 버찌에 미쳐 있었어요. 하지만 돈이 있어야지요. 돈이 없어서 한꺼번에 많이는 살 수 없고, 조금 사서 먹으면 점점 더 먹고 싶어지고 그러는 거예요. 밤이고 낮이고 나는 버찌 생각만 했지요. 입에 군침이 도는 게, 아, 미치겠습디다. 그러던 어느 날 나는 화가 났습니다. 창피해서 그랬는지도 모르지요. 어쨌든 나는 버찌가 날 데리고 논다는 생각이 들어 속이 상했어요. 그래서 어떻게 한 줄 아시오? 나는 밤중에 일어나 아버지 주머니를 뒤졌지요. 은화가 한 닢 있습디다. 꼬불쳤지요. 다음 날 아침 나는 일찍 일어나 시장으로 달려가 버찌 한 소쿠리를 샀지요. 도랑에 숨어 먹기 시작했습니다. 넘어올 때까지 처넣었어요. 배가 아파 오고, 구역질이 났어요. 그렇습니다, 두목, 나는 몽땅 토했어요. 그리고 그날부터 나는 버찌를 먹고 싶

다고 생각한 적은 없습니다. 보기만 해도 견딜 수 없었어요. 나는 구원을 받은 겁니다.

니코스 카잔차키스, 《그리스인 조르바》

조르바는 무엇에도 얽매이지 않은 자유인이다. 조르바는 꽃이 만발한 오렌지나무 밑의 벤치에 앉아서 자신을 휘두르는 욕망들에 대처하는 법을 고백한다. 아예 욕망의 진경珍景까지 직진해서 도달한 뒤에 그것에서 벗어나는 것이다. 그는 그 무엇에도 매임이 없이 자유로운 영혼이다. 그를 움직이는 건 타고난 본성이다. 그의 영혼은 그 자체로 온전한 자연이었던 것. 조르바의 영혼은 노자나 장자가 말한 바 무위자연에 들었던 것. 그게 그만의 행복 비방이었던 것. 행복은 어디에나 널려 있다. 욕망에 가려져 그것을 찾지 못할 뿐이다.

행복은 거창한 것에 있지 않다. 오히려 그것은 사소함에서 온다. 햇빛 한 줄기, 메아리, 솔숲의 향기, 물의 반짝임, 불쑥 솟은 모란의 붉은 움, 아이들이 까르륵 웃는 소리, 이웃의 친절함, 안 먹고 안 쓰며 평생 모은 고액을 사회에 내놓는 할머니들, 여름 새벽의 차가운 공기들, 연잎 위에 떨어지는 빗방울들, 여름밤의 반딧불이들, 소나기 뒤 앞산 골에서 피어오르는 물안개, 새벽 수련꽃, 새벽에 배달된 신문, 방금 구워낸 크루아상, 목구멍으로 부드럽게 넘어가는 황

금빛 맥주 첫 잔, 제주도의 비자나무 숲길, 앵두열매, 레몬향, 따뜻한 크림스파게티, 구운 양고기, 창가에 울리는 편종소리, 재즈의 다정하고 슬픈 선율들, 어디선가 들려오는 바흐의 무반주 첼로곡, 함흥냉면, 베트남 쌀국수, 팥빙수, 다정한 키스의 순간들, 작은 선물, 풀밭 위를 날아가는 꼬리에 점박이무늬가 선명한 나비……. 이 모든 것들은 우리를 행복하게 한다. 대개는 돈 없이 얻을 수 있는 것들이고, 이것들은 주변에 지천으로 널려 있다. 일상을 둘러보라. 그리고 그것들에게 마음의 자리를 내어주어라.

단순하게 살라

■

《심플하게 산다》

《고요는 도망가지 말아라》

이 복잡함들은 모두
어디에서 나고 자란 것인가?
다 스스로 만든 것이다
삶을 간소하게 할 때
소중한 것들이
문득 일상에서 솟아 오른다

시골에 들어오면서 마음의 속도를 늦추고 단순하게 살자고 다짐하며, 도연명을 떠올렸다. 도연명은 29세 때 관리생활을 시작했으나 41세 때 스스로 파직한 뒤 다시는 벼슬길에 나서지 않았다. 그는 고향으로 돌아가며 그 심경을 "세상이 나와 서로 어긋나 맞지 않거늘 다시 수레를 몰아 무엇을 구할 것인가"라고 피력했다. 그리고 63세로 세상을 뜰 때까지 고향에서 23년간을 묻혀 살았다. 가진 것은 많지 않았으나 그는 행복했다.

물고기를 잡는 무릉武陵 지방 사람이 하루는 시내를 따라 걷다가 길을 잃었다. 그는 계속 걷다가 홀연 복숭아나무 숲을 만났다. 향기로운 풀이 우거지고 바람에 꽃잎이 날리는 그곳을 지나 한 마을에 당도했다. 비옥한 밭과 아름다운 못과 뽕나무와 대나무가 어우러진 곳이었다. 밭 사이로 길은 사방으로 통하고 닭과 개 소리가 곳곳에 들려왔다. 사람들은 밭을 갈고, 노인과 어린이 모두 기쁜

듯 즐거워했다. 그곳이 바로 세속을 피해 숨어들어온 사람들이 일군 낙원, 즉 무릉도원이었다.

이 신비하고 향기로운 도연명의 시를 읽으며 무릉도원은 내 마음 속에 있는 것임을 알았다. 도연명은 "초목이 무성하면 봄이 온 것을 알고 / 나무가 시들면 바람이 매서움을 아노라"(〈복사꽃 마을의 이야기와 시〉)라고 적었다.

도연명이 꿈꾸었던 것, 소로가 그토록 열망했던 것과 내 꿈은 크게 다르지 않다. 내가 열망한 것은 서울을 떠날 때나 지금이나 한결같이 문명의 소용돌이나 복잡한 세상에서 멀리 도피하는 것이 아니라 충만한 삶, 마음으로 행복한 삶이다. 그 꿈과 가까워지기 위해 서울을 떠나 시골에 집을 짓고 정착한 것이다.

일찍 자고 일찍 일어날 것, 적게 먹고 많이 움직일 것, 책을 많이 읽을 것, 많이 걷고 많이 사유할 것, 마음의 욕심들을 덜어낼 것, 말을 적게 하고 내면의 고요한 목소리에 귀를 기울일 것 따위를 실천하려고 노력했다.

지난 삶을 돌아볼 때 나는 분주했는데, 그 분주함은 지나치게 많은 것들을 쥐려는 욕심의 부추김 때문이었다. 허나 정작 많은 것들을 쥐고서도 행복한 줄 몰랐다. 마음을 비우니 내가 가진 것들이 얼마나 많고, 그것들이 얼마나 소중한지 비로소 알 수 있었다.

많은 사람이 물질적인 부를 자기 인생의 반영이자 자신이 존재하는 증거라고 여긴다. 이들은 의식적으로든 무의식적으로든 자신의 정체성과 이미지를 자기가 소유한 것과 연결짓는다. 더 많이 소유할수록 더 안심이 되는 것이다. 그래서 모든 게 탐욕의 대상이 된다. 물질적 재산, 사업, 예술품, 지식, 아이디어, 친구, 연인, 여행, 신神, 그리고 심지어 자기 자신의 자아까지도.
사람들은 소비하고, 손에 넣고, 모으고, 쌓아둔다. 친구를 소유하고 관계를 소유하고 자격증을, 학위를, 상패를 소유한다. 그리고 이렇게 소유한 것의 무게에 짓눌려 살아간다. 욕심 때문에 진정한 삶을 살지 못하고 있음에도 이를 잊어버리거나 깨닫지 못한 채 언제나 더 많은 것을 원한다.

도미니크 로로, 《심플하게 산다》

단순하게 사는 것은
가난하게 사는 것이 아니다
단순함과 가난은 즐거운 한통속,
단순하고 가볍게 살면
마음의 충만함이
불현듯 찾아온다

살아오며 늘 가난을 염려했으나 이제는 염려하지 않는다. 오히려 상답上畓 같은 가난을 사랑하고 누리고자 한다. 오늘날 가난은 고결한 시인이나 욕심내는 품목이다. "오늘 나는 가난해야겠다 / 그러나 가난이 어디 있기나 한가 / 그저 황혼의 전봇대 그림자가 길고 길 뿐 / 사납던 이웃집 개도 오늘 하루는 얌전했을 뿐"(장석남, 〈가난을 모시고〉)

사랑하고 누리고자 하는 가난은 가난 중에서도 가장 깨끗한 것, 곧 청빈清貧이다. 청빈은 비우고 버린 뒤에 비로소 남은 마음의 여백, 그 공空의 자리를 소슬함으로 채운다. 옛 철학자 에피쿠로스는 삶의 자연스러운 목적으로 단련된 가난은 커다란 재산이라고 했다. 그렇다. 청빈은 곧 희귀한 재산이다.

가난은 단순하게 사는 것과 즐거운 한통속이다. 그 즐거움을 가지려면 버리고 비워서 단순해져야 한다. 단순함은 내적 가난이 구현하는 아름다운 표면이다. 일체의 잉여를 허락하지 않는 벌집의 건축 공학을 보라! 벌집은 단순함의 극치로 세상의 모든 잉여를 추문으로 만든다. 많은 물건들을 지니고 사는 것은 단순함의 견실함을 일그러뜨린다. 결국은 물건을 소유하는 게 아니라 물건에 소유당한다. 물건에 소유당한 자아는 수동화되면서 본질에서도 차츰 멀어진다.

삶의 본질은 물건을 통해 구현되지 않는다. 필요 이상의 것을 절제하는 미니멀리스트가 되려면 정신적이고 지적인 짐 가방을 꾸릴 줄 알아야 한다. 많이 소유하지 않으면 실제로 삶의 질이 개선된다. 적게 소유하는 삶의 풍요로움은 누구나 마음만 먹으면 누릴 수 있다. 중요한 것은 용기를 갖고 자신의 신념을 끝까지 지켜내는 것이다. 절제력, 결단력, 의지력은 여백이 충분한 깔끔한 공간에서 꼭 필요한 것만 가지고 살아가기 위한 조건이다. 단순함과 간결함을 추구하는 미니멀리즘은 삶에 대한 절제와 세부적인 것에 대한 적극적인 관심이 있어야 가능하다.

도미니크 로로, 《심플하게 산다》

즐거움은 단순한 생활방식, 가볍게 사는 것에 주어지는 선물이요, 응답이다. "필요한 최소한의 물건보다 더 많이 소유하는 것은 곧 새로운 불행을 짊어지는 것이다."(《심플하게 산다》) 단순함으로 단련된 사람은 과잉 소유가 자기 패배로 이어지고, 곧 불행해진다는 것을 안다. 그러니 불행의 짐을 지지 않으려면 물건들은 꼭 필요한 것만 소유하자.

언젠가 써먹을 물건들은 영원히 써먹지 못할 물건들이다. 애초에 원하지 않은 물건들은 집에 들이지 말자. 물건들이 많아지면 본질은 협소해지고 물건들의 무게가 더해져서 사는 게 빽빽하고 무거워진다. 빽빽해지면 몸에서 활력이 떠나고 우환이 들이닥친다. 만사의 괴로움은 울퉁불퉁한데, 그 울퉁불퉁으로 절학무우絶學無憂

의 날들을 집어삼키고 물건들이 너절하게 널린 생활 속에서 우환의 너비를 키운다. 어리석고 어리석다.

살림은 단순하게, 생각은 고매하게. 적게 소유하는 삶을 즐겨라. 적은 것이 많은 것이고 단순하게 사는 것이 진짜 풍요롭게 사는 것이다.

자신의 내면을 굽어보라

■

《침묵의 추구》

《침묵 예찬》

《차라투스트라는 이렇게 말했다》

《도덕경》

마흔이 넘으면
침묵의 가치가 느껴진다
그 속에서 내가 튀어오른다
침묵은 존재의 의미를 찾는 여정에서
필수불가결한 조건이다

새벽에 일어나 명상을 하고 차를 마시고 글을 쓴다. 오후에는 오래 걷고 남은 시간에 책을 읽는다. 소박한 밥을 먹고 밤에는 일찍 잠자리에 든다. 혼자 있는 대부분의 시간은 침묵을 하면서 지낸다.

나는 트라피스트 수도사들을 존경한다. 그들은 "일 년에 반은 엄격하게 금식했고, 나머지 반은 주로 나무뿌리로 연명해야 했다. 기도하거나 침묵하며 명상할 때를 제외하고는 밭에서 일했고 때때로 금욕을 위해 나무 샌들에 가시 안창을 깔아 신었다."(《침묵의 추구》) 트라피스트 수도사들에게 침묵 규율은 절대적이다. 그들은 말하는 대신에 오직 몸짓만으로 대화를 나눈다. 그 수도사들만큼은 아니지만 내게도 침묵은 따르고 지켜야 할 규율이다. 나 역시 침묵이 갖가지 개성을 녹여 인간을 "위대하고 우주적 존재로 만드는 용매"(《침묵의 추구》) 라는 사실을 받아들이는 까닭이다. 침묵의 현존은 그 자체로 위대하다.

침묵은 종종 꽤 쓸모가 있는 화두를 낳기도 한다. 어느 날 밥을 먹고 걷고 있는데, 나는 왜 공작새가 아니고 '나'일까라는 화두가 찾아왔다. 인생의 화두들은 대개는 침묵을 타고, 아니 침묵의 형태로 우리 안에 깃든다. 나이 마흔이 넘어 침묵의 가치에 대해 깊이 인식하는 것은 그래서 중요하다.

> 침묵은 정념들의 언어라고? 그렇다. 어떤 구경거리, 요리, 음료수, 피부를 제대로 음미하려면 말없이 조용히 그것의 맛을 보아야 한다. 사랑을 고백하는 말들은 침묵의 파동들에 에워싸여 있다. 그 침묵 속에서 연인들은 모든 안테나를 밖으로 내뻗은 채 더 구체화된 애무의 순간이 다가오는 것을 예감하면서 똑같은 희열 속에 잠겨 있다. 모든 찬미는 우선 침묵이다. 말은 요구, 칭찬, 노래이지만…… 융합 그 자체는 무엇보다 먼저 내적인 인상이요 폭발이며 쇄도이니 그것이 표현되어 밖으로 드러나 보이게 되는 것은 나중 일이다. 벼락 맞은 황홀은 넋을 잃은 듯한 두 눈과 침묵 속에서 생겨난다.
>
> 마르크 드 스메트, 《침묵 예찬》

우리는 오로지 침묵 속에서만 '나는 누구일까'라고 묻는다. 침묵은 "겉으로 드러난 표면 뒤에 숨은 이면이고 가면의 뒷면이며 인격의 감추어진 얼굴이다. 그리고 언어의 도약대이다."(《침묵 예찬》) 침묵은 존재의 의미를 찾는 여정에서 필수불가결한 조건이다.

그러니 침묵할 줄 모르는 자는 끝내 존재의 의미에 가닿지 못한다. 자, 다시 화두를 꺼내자. '나'는 누구인가? '나'는 나 아닌 현상 속에서 발견되는 본성이다. 이것은 종종 화두가 되기도 한다.

한 수좌가 운문에게 와서 묻는다. "어떤 것이 '나'입니까?" 운문의 대답은 애매했다. "글쎄, 아마 나도 잘 모를걸." 운문은 '나'를 언어로 규명하는 것의 어려움을 말한 것이다. 운문은 그 물음 자체를 무지無知의 지知로 되돌려 놓아두었다. 한 수좌가 조주에게 와서 똑같은 물음을 던진다. "어떤 것이 '나'입니까?" 조주는 되묻는다.

"어떤가, 아침은 먹었는가?"

"네, 방금 먹었습니다."

"그랬는가? 그러면 몸도 씻었겠지?"

'나'는 나 아닌 모든 것을 뺀 그 무엇이다. '나'는 우주적 우연, 밥 먹고 잠자고 일하는 존재이자, 몸으로 차고 더운 것을 분별하고 웃고 우는 사람이다. '나'는 천하 만물 속에 있다. 여기서 생각을 더 밀고 나가면, '나'는 나의 타자라는 데까지 미친다. 타자가 지옥이면 '나'의 현실은 지옥이 되고, 타자가 천국이면 '나'의 현실은 천국이 된다. 나와 너의 분별이 쓸데가 없는 것이라면, '나'의 유아독존唯我獨尊은 망상일 테니까. 이러한 나의 존재의 의미를 찾아가는 것은 침묵 속에서 이루어진다.

혼자 있을 때조차 나는 마음에 즐거움을 만들어 빙그레 웃기를 좋아한다. 시골에 집을 짓고 들어온 첫해에 나는 마당에서 내려다 보이는 금광호수의 물을 날마다 바라보았다. 물은 언제나 물로서 변화가 없었다. 나는 그 변화 없음을 지루함으로 받아들이지 않았다. 그 변화 없음 속에서 번득이는 변화들을 보았다. 바람이 부는 날에는 바람이 물을 밀면서 나아가고, 바람이 없는 날에 물은 잔잔했다.

물을 바라보면서 실은 보이지 않는 곳에 있는 내 마음을 들여다보았다. 마음 안에 있는 마음을 분별하지 않으려고 애썼다. 있는 그대로 보라. 무분별의 분별 속에 있을 때 내려다보는 물은 평화롭고 고요했다. 마찬가지로 마음도 커다란 모름 속의 앎으로 오롯할 때 평화롭고 고요했다. 나는 더 나은 사람이 되고자 하지도 않고 더 나쁜 사람이 되고자 하지도 않았다. 본디 그러함 속에 있는 그대로의 마음을 두고자 애썼을 뿐이다.

사람의 걷는 모습에서도
마음은 작열한다
마음을 돌아보는 시간을 가질수록
생은 안으로 침잠하는 것이 아니라
밖으로 뻗어나간다

사유와 산책은 한 짝이다. 걷는 사람은 대개는 사유하는 사람이다. 그러니 사람의 걷는 모습에서도 마음은 작열한다. "걸음걸이로 알 수 있다. 걷고 있는 자가 그 자신의 길을 가고 있는지를. 그러니 걷고 있는 내 모습을 보라! 하지만 자신의 목표에 접근해 있는 사람은 춤을 추게 마련이다."(《차라투스트라는 이렇게 말했다》)

서운산의 은적암에 이르는 오솔길을 오를 때도, 칠장사 뒤에 솟은 칠현산의 능선 길을 따라 걸을 때도, 내 발걸음은 가벼웠다. 걸음이 가벼워지면 그것은 춤으로 바뀐다. 춤은 침묵의 충만함에서 나온다. 춤 속에 있을 때 '나'는 스스로가 세계의 일의적一義的 가치라고 여기는 편협함에서 자유로워진다. 이를테면 다음과 같은 구절들이 뇌 속에서 번개 친다.

> 휘어지면 온전해지고, 굽히면 곧아지며
> 비우면 채워지고, 낡으면 새로워지며
> 적게 하면 얻고, 많게 하면 미혹된다.

노자, 《도덕경》 제22장

굽은 것이야말로 진정으로 곧고, 비운 것이야말로 진정으로 채운 것이다. 젊음의 방자함과 더불어 도시생활의 분주함 속에 있었다면, 어떻게 휘어짐으로 완전해지는 것을 알았겠는가. 어떻게 비우면 채워지고 낡으면 새로워진다는 것을 깨달았겠는가.

인생을 계절에 비유하자면, 불혹을 넘어 장년으로 접어든 내 인생은 가을이다. 소년의 미숙함이나 청년의 들뜸에 반해 장년의 원숙함으로 외부에 휘둘리지 않고 삶을 쥐고 관조할 수 있다는 것은 얼마나 다행인가. 이제 뿌린 것들을 거두고 차분하게 갈무리를 해야 할 때이다. 지나간 삶을 돌아보고 앞으로 남은 날들을 고요히 내다보아야 할 시각이다. 내 인생에는 늦가을의 조락과 인생을 숙고할 수 있는 겨울의 침잠이 남아 있다. 침묵 속에서 내 안의 마음을 굽어볼수록 생은 안으로 침잠하는 것이 아니라 밖으로 뻗어나간다.

고독과 마주하라,
기꺼이

■

《고독의 심리학》

《고독의 위로》

마흔에게는
자발적 고독이 필요하다
자발적 고독은
자신을 받아들이게 하고
생각을 정리하고 태도를 바꾼다

한 선사禪師가 바위에 벽돌을 열심히 간다. 그 까닭을 물으니, 벽돌을 갈아서 거울을 만들려고 한다는 답이 돌아온다. 벽돌을 가는 이는 회양懷讓이고, 그 까닭을 물은 이는 마조馬祖이다. 일찍이 6대 조사로 꼽는 혜능慧能이 "네 문하에서 젊은 말 한 마리가 나와 온 세상을 누빌 것이다"라고 했던 이가 바로 마조다. 회양은 그 마조의 스승이고, 혜능은 회양의 스승이다. 방에 들어앉아 경전만을 파는 마조의 어리석음을 깨우치기 위해 회양은 몸소 어리석음을 실행한다. 당연히 마조의 물음이 따른다. "그럼 어찌 해야 합니까?" 회양이 답을 머금은 물음을 던진다. "소달구지를 생각하라. 소달구지가 멈추면 너는 달구지를 때리느냐, 소를 때리느냐?"

한 해를 보내고 새해를 맞을 때 마음이 자칫 들뜨기 쉽다. 지난 연말 밥 먹는 자리, 술 마시는 자리가 잦아지면서, 나를 찾고 부르는 사람도 많았다. 고맙지만, 사양했다. 세상의 소란과 흥청망청

속에 자신을 떠다미는 게 말이 아니라 달구지에 대고 채찍질을 하는 어리석음과 다르지 않은 까닭이기도 하지만, 혼자 고즈넉이 있는 시간, 혼자 자신 속에 머물며 책 읽는 즐거움을 빼앗기는 게 무엇보다 아까웠던 탓이다. 시골에 사는 탓에 서울 나들이를 하자면 하루의 시간들은 조각나서 덧없이 깨져버리고 만다. 8시간이면 책 한 권을 너끈히 읽을 수 있는데, 그 시간을 밑도 끝도 없는 잡담이나 하며 보내는 것은 우둔한 짓이다. 나는 흥청망청한 술자리의 환락과 사교의 즐거움이 아니라, 혼자 있으면서 나를 돌아보는 시간을 선택했다.

시인 릴케는 사람에게 필요한 것은 "오직 한 가지다. 고독. 위대한 내면의 고독 말이다. 몇 시간이고 아무도 만나지 않고 자신 속에 머무를 줄 알아야 한다"고 했다. 나를 돌아보면서 자기가 누구인가 정체성을 찾고 내면의 자유를 구축하는 데는 그 누구의 도움도 필요치 않다. 혼자 있는 것만으로 충분한 일이다. 차라리 잎이 다 진 나무들이 울연히 서 있는 숲속을 거닐며 한나절을 보내는 게 낫다. 낙엽 위에 있는 고라니의 배설물이나 뱀의 허물을 오래 들여다보고 입으로 먹고 먹은 것을 소화해내는 일의 거룩함과 오고 가는 생명의 신비를 더듬어보는 일이야말로 가다가 멈춘 말의 잔등에 채찍질해서 다시 달리는 일이다.

나무들 사이에서 바람소리에 귀를 기울이며 한가롭게 시간을 보내면, 빈 가지로 서 있는 겨울나무들이 고요의 직립이라는 실감에 이른다. 고요로 직립한 나무들이 내 안으로 들어와 고요를 일깨우며 안과 밖의 고요가 더불어 깊어진다. 나무와 나 사이의 경계가 지워지고 고요의 연대 속에서, 깊이 감응함이라는 차원에서, 우리는 하나가 된다. "밖이 소란함은 안이 소란한 것이요, 밖이 고요함은 안이 고요한 것이다."(에크하르트 톨레) 나무들이 직립해 있는 숲속이 고요하니, 내 안도 고요하다.

사람들은 내가 시골에 외따로 사니, 외롭지 않은가라고 자주 묻는다. 웃는 것으로 대답을 대신한다. 사실을 말하자면, 혼자 있는 시간이 많으니, 고독하다. 그러나 나는 고독 때문에 괴로워하는 사람은 아니다. 차라리 자발적 고독 속에서 그것이 삶의 선물이라는 걸 뼛속까지 음미하는 쪽에 가깝다. 묵은해를 보내고 새해가 오는 이즈막에 바깥으로 번잡하게 나도는 일을 삼가고 고독에 관해 쓴 책 두 권을 통독했다. 제라르 마크롱의 《고독의 심리학》과 앤서니 스토의 《고독의 위로》가 바로 그 책이다.

《고독의 심리학》을 읽으니, 고독이 여러 형태라는 걸 알겠다. 고독은 자발적 고독과 감수해야 하는 비자발적 고독이 있다. 먼저 자신이 원치 않는데 여러 가지 이유로 고독에 직면해야 하는 것은 비자발적 고독이다. 가족이나 친구와의 사별, 갑자기 통보받은 애인과의 이별, 건강검진에서 받은 암 선고 따위로 빚어진 고독이 여기에 해당한다. 이런 고독은 고통을 동반하며 삶을 "흐트러뜨리고 불안하게" 만든다. 얼이 빠진 상태로 지내다보면, 자신의 상황을 그 무엇으로도 바꿀 수 없는 듯한 절망감과 깊은 무력감에 빠진다. 이때 고독은 곧 "심리적 불능상태"일 테다.

반면에 자발적으로 선택한 고독은 일상의 분주함에서 벗어나 "심리적 피난처"를 찾는 일이다. 대개 작가나 예술가들이 창작을 위해 스스로 고립의 환경을 찾아내 고독을 추구한다. 이때 고독은 "위안과 새로운 활력, 내적 평온"이라는 선물을 준다. 명상, 휴식, 기도와 같은 활동도 고독을 동반한다. 이때 고독은 일상의 번잡함에 매여 지친 영혼을 달래고 내적인 여유와 평화를 가져다준다.

또 다른 고독으로 사회적 고독과 정서적 고독이 있다. 고독은 사회적 고립과 정서적 고립이 합쳐져서 나타나는 현상이다. 사회적 고립은 사회생활의 참여가 적고 인간관계가 협소하거나 관계를 만드는 것에 어려움을 겪는 데서 빚어진다. 사회적 고독에 빠진 사람들은 사회에 대한 불만과 좌절을 내면화하면서 많은 시간들을 혼자서 무기력하게 보낸다. 누군가와 사귀거나 친해지겠다는 욕구의 결핍, 관계 형성에 대한 두려움 때문에 점점 더 타자와의 교류를 기피한다. 정서적 고독은 "애정 결핍과 타인에 대한 느슨한 애착이 만들어내는 불안감"으로 나타나는 고독이다. 앞의 고독이 교류의 양적 결핍에서 비롯되었다면 뒤의 고독은 교류의 질적 저하에서 비롯된다. 다른 사람과 맺는 정서적 관계의 질이 떨어질 때 자기가 혼자라는 생각이 커지고, 그것은 불안과 두려움을 불러온다.

고독이야말로
나와 만나는 시간이다
마흔은 겁 없이 고독해야 한다
그때 비로소 삶이 온전하게
맨 얼굴을 드러낸다

고독은 그 본질에서 혼자 있는 능력이다. 혼자 있는 능력은 아무나 가질 수 있는 게 아니다. "혼자 있는 능력은 귀중한 자원이다. 혼자 있을 때 사람들은 내면 가장 깊은 곳의 느낌과 접촉하고, 상실을 받아들이고, 생각을 정리하고, 태도를 바꾼다."(《고독의 위로》) 창의성의 발현과 개인 자아의 발달은 자기 내면을 돌아보는 혼자 있는 능력 속에서 길러진다.

고요는 혼자 있는 사람에게 주어지는 선물이다. 고요 속에서 사람으로서 차마 해서는 안 될 일들과 차마 하지 않으면 안 될 일들의 분별이 나타난다. 세상이 시끄러운 것은 그런 분별이 있는 사람들이 줄어든 탓이다. 활달한 소통은 인생의 성공으로, 고립은 그 반대로 비치기 쉽지만, 실상을 따지고 보면, 세상에 잘 적응함은 심리적인 불완전함의 결과물이다. 반면에 자발적 고립은 욕망과 두려움의 지배에서 벗어나 심리적 평형 속에서 안정된 인격을 갖춘 사람들의 태도이다.

고독은 개인화 과정에서 누구나 불가피하게 겪는 경험이라는 걸 받아들이자. 사람은 고독 속에서 자기를 깊이 돌아보고 마음의 평화를 얻는다. 고독은 불완전한 것이며 부적응의 결과이지만, 그것은 완전과 적응으로 가는 도약대라는 걸 이해해야 한다.

> 인간이 세상에 적응하는 것이 역설적이게도 환경에 완벽하게 순응하지 못한 것, 심리적인 평정 상태에 있지 못한 것의 결과라는 사실이다. 완전함이라는 황홀경의 감각은 순간적일 수밖에 없는데, 그런 상태는 우리 인간의 특징인 '부적응을 통한 적응'과 거리가 멀기 때문이다. 우둔한 행복은 창조에 도움이 되지 않는다. 상상력이라는 갈망이나 전체를 향한 소망과 추구는 뭔가 빠져 있다는 깨달음, 불완전함의 인식에서 비롯된다.
>
> 앤서니 스토, 《고독의 위로》

우둔한 행복보다는 고독이라는 부적응의 고통이 사람을 더 성장하게 만든다는 것! 이것이 고독을 오래 탐구한 정신과 의사의 통찰이다. 고독에 의연하게 대처한다는 것은 혼자 있는 법을 배우는 것이고 곧 어른이 된다는 것을 뜻한다. 고독을 피하지 마라. 고독은 우리 생의 불가피한 한 부분이며 일생의 의무와 같은 것. "고독을 회피하는 것은 나 자신을 회피하는 것"(《고독의 심리학》). 차라리 고독을 기꺼이 받아들이고 즐기는 태도를 배우라. 고독을 즐기고 그것을 긍정적 에너지로 바꾸려면 먼저 있는 그대로의 고독을 받아들여야 한다. 그러기 위해서 자신의 삶에 책임을 질 것, 타인에게 의존하지 말 것, 자신을 위해 시간을 낼 것, 철저하게 자기 자신이 될 것 등이 필요하다.

고독은 질병이 아니다. 고독은 진정한 나를 발견할 수 있는 계기적 시간을 선물로 마련한다. 그러니 정서적으로 성숙한 사람이 되어 고독을 끌어안으라. 고독을 자발적으로 선택하는 순간, 우리는 고독 안에서 "자기 정체성을 더욱 확고하게 만들며 삶을 풍요롭게 하는" 길을 찾고, 그 결과로 "충만감과 조화, 행복"(《고독의 심리학》)을 손에 쥘 수가 있다.

혼자 있어보라. 혼자 그윽함에 머물면서 자기 내면을 돌아보는 일에 부지런해져 보라. 나는 당신에게 고독을 권유한다. 고독을 권하는 것은 혼자 있는 시간을 통해서만 존재의 심연에 이를 수 있는 까닭이다. 고독에 처하지 않는다면, 고요도 있을 수 없다. 부지런함이란 무엇인가? "갠 날에 할 일을 미적거리다가 비를 만나게 하지 않는다. 비 오는 날에 할 일을 꾸물대다가 날이 개게 하지 않는다."(정약용) 갠 날에 할 일은 갠 날에, 비 오는 날에 할 일은 비 오는 날에 하는 것, 그것이 부지런함이다. 부지런하되 항심恒心을 유지할 것. 새벽이 오면 새벽에 마음을 두고, 저녁이 되면 저녁에 마음을 둘 것. 이 모든 일이 마음이 고독 속에 있을 때 가능하다. 새벽 숲속을 채우는 청아한 새소리들, 아기 웃음소리, 실내에서 저 혼자 타는 촛불, 사랑하는 이의 초롱초롱 빛나는 눈동자, 저물녘 만조에 이른 바다, 새해 처음으로 맞는 일출의 장엄함……. 이런 것들에 가슴이 뛰지 않는다면, 이미 당신의 인생에서 봄과 아침은 지나가버렸음을 알아야 한다. 봄과 아침을 헛되이 흘려보냈다면 살아 있는 게 곧 기적이라는 사실도 알 수가 없다.

부드럽게 강하라

■

《공자와 노자, 그들은 물에서 무엇을 보았는가》

《논어금독》

《관자》

《노자강의》

물은 세상의 모든 것 중 가장
부드럽고 약하다
하지만 물은 가장 단단하고
가장 강한 것을 이긴다

태초의 생명체는 물에서 나오고, 사람도 어머니의 양수에서 생명을 시작한다. 그런 까닭에 물은 생명의 근원이라고 할 만하다. 나는 어린 시절부터 물을 좋아해서 하루 종일 물가에 나가 물고기를 잡고 놀기 일쑤였다. 마흔 넘어 서울 살림을 접고 큰 저수지가 있는 경기도 남단의 시골에 내려온 것도 물의 인력 때문이다. 그 물가에 집을 짓고 내려와 한 해 동안 환할 때는 물을 지치지도 않고 바라보고 해진 뒤에는 실내에서 물에 관한 시를 쓰며 지냈다. 물가에 도열한 버드나무들의 연초록이 짙어지며 봄이 오고, 버드나무 잎들이 바래고 가창오리가 날아들면 겨울이 왔다. 물은 낮은 곳에서 출렁이며 시시때때로 요동치는 내 마음의 변덕을 받아냈다.

시골 생활의 적적함을 이기려고 문득 노자의 《도덕경》을 읽었는데, 거기에도 물이 나왔다. 노자는 물의 속성에서 사람이 배우고 따라야 할 도의 원리를 끌어낸다. "최고의 착함은 물과 같다. 물은 만물을 이롭게 하면서도 다투지 않으며, 뭇사람들이 싫어하는 곳에 처한다. 그래서 물은 도와 가깝다." 물은 고요한 듯하지만 끊임없이 운동의 역학으로 움직인다. 고요하되 움직임을 그치는 법이 없다. 물은 낮고 부드럽고 고요한데, 낮아서 겸손하고, 부드러워서 완고함을 이긴다. 그래, 물과 같이 살면 되겠구나! 나는 물을 경전經典으로 삼으며 지치지도 않고 물과 닮고자 했다. 불만이 줄고 남과 시비하는 일이 없어졌다. 내 인격에서 번잡스러움은 줄고 조금이라도 더 청고淸高해진 것은 순전히 물 덕분이다. 물가에 살면서 봄마다 나무를 심고, 하늘과 바람과 땅의 기운을 관조하며 얻은 깨달음을 적은 게 《물은 천 개의 눈동자를 가졌다》는 시집이다. 이 시집을 받아 읽은 지인들이 마음이 평화로워졌다고 더 즐거워했다.

맹자는 물을 관조하는 데에도 방법이 있다고 말한다. "항상 물결을 보라. 해와 달이 빛날 때 그 광채가 항상 물결을 비출 것이다."(《맹자》) 햇빛을 받아 반짝이는 수만의 물비늘들은 장엄하다. 그 물비늘의 하염없는 반짝임은 무슨 영약靈藥과 같아서 가벼운 우울증 따위는 단박에 날려버린다. 허나 물이 항상 고요한 것은 아니다. 여름 장대비가 내린 뒤 하천은 산에서 흘러내린 물로 차고 넘친다. 그 물의 기세는 사납다. 밤새도록 우렛소리를 내며 낮은 데로 흘러간다. 시간이 흐르면 물은 다시 고요로 돌아간다.

물의 원리와 인간 행위의 원리를 동일시하는 것은 같은 원리가 자연 세계와 인간 세계를 합리적으로 지배한다는 가정에서 출발한다. 그래서 공자는 물을 탐구했고, 순자도 물의 여러 가지 형태와 사람의 도덕적 특질 사이의 관계를 체계화하려고 시도했던 것이다. 물과 인간 행위에 녹아 있는 원리들이 서로 상통한다는 이러한 가정은 유가에만 있는 것이 아니라 모든 고대철학 서적 속에서 공통적으로 나타난다. 그 이미지는 어느 특정한 학파의 기원이 아니다. 예를 들어 도가에서는 모든 것에 생명을 주면서 강압적인 힘 없이 앞으로 움직여 나가는 물의 특징을 '무위無爲'로 묘사하고 있다.

사라 알란, 《공자와 노자, 그들은 물에서 무엇을 보았는가》

노자는 말한다. "물은 세상의 모든 것 중에서 가장 부드럽고 약하다. 하지만 물은 가장 단단하고 가장 강한 것을 이긴다."(《도덕경》) 우리가 물에서 배울 것은 가장 부드럽고 약한 것이 결국은 가장 단단하고 가장 강한 것을 이긴다는 사실이다. 나는 가슴에 물을 품고, 아무것도 없는 곳에서 무용의 나무를 심고, 나무들이 모여 숲을 이룬 곳을 거닐었다. 물의 고요가 내 안의 혈血과 기氣도 고요에 이르게 했다.

물은 우리에게 삶을 관조하는
지혜를 준다
물이 펼치는 경전을 읽으며
마음을 다스려라

공자는 누구보다도 더 물을 좋아했다. 강가에서 "물이여, 물이여!"라고 감탄하곤 했다. "모든 흘러 지나감이 이와 같지 않은가? 밤낮없이 결코 그 흐름을 중단하지 않는구나!" 제자들은 공자가 왜 그토록 물을 좋아하는지 궁금했다. 어느 날 제자 자로가 물었다. "선생님은 왜 그렇게 물 앞에 설 때마다 감탄하십니까?" 공자는 이렇게 대답했다. "모든 곳으로 퍼져 나가고 모든 것에 생명을 주면서 아무것도 하지 않는 물은 덕德과 같다. 아래로 흐르면서 꾸불꾸불 돌지만 항상 같은 원리를 따르는 물의 흐름은 의義와 같다. 솟아올라 결코 마르지 않고 흐르는 것은 도道와 같다. 수로가 있어 물을 인도하는 곳에서 듣는 그 물소리는 메아리치는 울음소리 같고, 백 길의 계곡을 두려움 없이 나아가는 것은 마치 용勇과 같다. 수평을 재는 자로 쓸 때의 물은 마치 법法과 같다."(《논어》) 아울러 공자는 "지혜로운 사람은 물을 좋아하고 어진 사람은 산을 좋아한다"(《논어》)고 했다. 중국 지식인의 '사상의 은사'로 일컬어지는 리쩌허우는 이것을 "사람이 자연에 동화됨"의 뜻으로 이해한다.

(물은) 움직여 한 곳에 머무르지 않으며, (산은) 오랫동안 한 곳에 있다. '분분히 열렸다가는 떨어지는 것'은 움직이는 가운데 고요한 것이고, '해가 길어 소년과 같은 것'은 고요함이 움직임을 머금고 있는 것이다. 생활의 정경은 산수와 같아서 이러한 정취가 깃들어 있으며 자연과 하나로 합치는 것이다.

리쩌허우, 《논어금독》

십 년 전에 도시의 소란한 무간지옥을 버리고 물가로 내려온 것은 잘한 일이다. 나는 물소리와 더불어 고요하고 물결과 함께 평화로웠다. 잃은 것은 음주가무로 번잡한 사교생활이고, 얻은 것은 명상과 산책으로 이루어진 조촐한 삶이다. 결국은 앞의 것을 버려 뒤의 것을 얻었으니, 나는 그 교환을 즐거워한다. 낮밤을 가리지 않고 물이 암송하는 시를 받아 적고, 물이 펼치는 경전을 읽으며 마음을 다스렸다. 십 년 전보다 눈빛이 맑아지고 가슴에 측은지심이 깊어진 바가 있다면, 그것은 순전히 내 안으로 흘러와 피가 되고 살이 된 물의 덕, 물의 의, 물의 도, 물의 용, 물의 법 덕분이다. 이제 내가 필생의 업적으로 해야 할 한 가지는 물의 책, 물결의 책을 한 권 쓰는 일이다.

물은 쉬지 않고 흘러 자정하여
스스로 맑아진다
물과 같이 흐르듯 살라
정형을 취하지 않고 유연하게,
고루 스미고 적시며 자유롭게

사람의 몸은 대부분 물로 이루어져 있고, 물이 없다면 생명도 존재할 수 없다. 물은 생명의 본질이다. 순환하면서 생명을 번성하게 하는 까닭에 "물은 땅의 피요 기氣이다. 마치 혈맥과 근육을 통하는 길 같은 것이다. 그래서 물은 모든 것에 쓰임이 될 수 있다."(《관자》) 물은 땅을 적시고 땅에서 자라는 온갖 식물들의 성장을 돕는다. 사막에서 식물이 자라지 않는 것은 물이 없기 때문이다. 일찍이 동양의 철학자들은 끊임없이 회귀하여 솟아나는 물에서 생명의 본질을 통찰하고, 물을 그들의 형이상학적 숙고의 출발점으로 삼았다. 공자도 그랬고, 맹자도 그랬고, 노자와 장자도 그랬다. "도는 맑은 물처럼 고요하여 존재하지 않는 것 같다"(《도덕경》4장) 노자에 따르면, 물은 곧 '도'였다.

노자는 물을 '도'의 이미지, '도'의 상징으로 삼고 있는데, 아주 형상적이면서도 의미심장하다고 하겠습니다. 우리가 '물'처럼 살아갈 수 있다면, 인간관계에서 타인을 이롭게 하면서도 타인과 명리를 다투지 않을 겁니다. 물은 네모난 그릇에 담으면 네모나고, 둥근 그릇에 담으면 둥근 모습이죠. 네모난 사람을 만나면 나도 네모가 되고, 둥근 사람을 만나면 나도 둥그레집니다. 이것이 바로 거스름이 없는 인간관계의 도입니다. 당연히 이런 사람은 '으뜸가는 선'한 사람이고, 그런 관계는 '으뜸가는' 교제의 경지라고 할 수 있겠죠.

야오간밍, 《노자강의》

물은 정형을 취하지 않고 항상 무위無爲에서 노닌다. 물은 형태를 갖지 않고, 그것이 담기는 그릇에 따라 형태를 바꾼다. 원천에서 솟아나 흐르되 수시로 변화하면서 형태에 고착되지 않는 유연한 성질과 놀라운 융통성을 가졌다. 이 변화에 능한 형질로 모든 생명체에 고루 스미고 적셔 작용하면서도 물은 자유롭다. 물은 높은 곳에서 낮은 곳으로 흐르되 인위에 갇히지 않는다. 그것은 아무것도 하지 않음으로 무엇인가를 한다.

노자는 "세상에 물보다 부드럽고 약한 것은 없다."(《도덕경》)라고 말했다. 부드러우면 꺾을 수 없고 반면에 억세면 부러진다. 부드럽고 약한 것은 생명의 성질이고, 강하고 단단한 것은 죽음의 성질이기 때문이다. 약하고 부드러워도 물은 부러지지 않으나 막대나 쇠는 강하고 단단해도 저보다 강한 힘을 받으면 부러진다.

물처럼 때에 맞춰서 움직이고 멈춰야 합니다. 물은 멈춰 있을 때 마치 거울 같죠. 봄 꽃, 여름 구름, 가을 달, 겨울 눈처럼 사계절의 변화를 있는 그대로 비춰줍니다. 물은 움직일 때 언제나 천시天時의 변화에 따릅니다. 예를 들어, 겨울철에 날이 추워지면 꽁꽁 언 얼음이 되고, 봄날에 따뜻해지면 녹아 흐르는 냇물이 됩니다. 바람결에 날려 온 꽃잎을 물에 띄워 하염없이 흘려보내죠. 물은 이렇게 흘러가다가 움푹 팬 곳에 이르면, 그 구덩이를 다 채운 뒤에야 다시 흘러갑니다. 물길을 막는 장애물이 나타나면 그놈을 돌아서 흘러가죠. 낭떠러지를 만나면 내리꽂는 폭포가 되고, 협곡을 만나면 빠르게 지나갑니다. 이것이 바로 '움직임에 때를 잘 맞춘다'는 물의 덕성입니다.

야오간밍, 《노자강의》

물은 자정自淨하여 맑아지는 성질이 있다. 흙탕물도 흔들지 않고 고요 속에 그냥 놔두면 서서히 맑아진다. 동요하지 않음으로 맑아지는 것은 사람이 배워야 할 물의 덕성이다. 물은 저를 막는 장애물을 만나면 그것과 싸우지 않고 그것을 감싸고 에둘러 나간다. 물은 모든 곳에 존재하며 만물에 자양분을 베풀되 만물을 지배하지 않는다. 그런 까닭에 "물은 거의 도道에 가깝다."(《도덕경》) 물이 있는 곳에서는 항상 생명의 싹들이 돋는다.

물가에 집을 짓고 십 년을 살면서 물을 살펴보고 그윽하게 관조했다. 늘 물을 바라보고, 날마다 물을 마시고, 부지런히 물가를 걸었다. 물과 같이 다투지 않고 담백한 밥을 구하려 애쓰고, 늘 고요함에 이르고자 부지런했다. 물(마음)이 고요하면 세상 역시 고요하고 물이 출렁이면 세상 역시 시끄럽다. 물-마음(안)과 세상(바깥)은 하나로 움직인다. 그 이치를 물가에 살면서 비로소 깨우쳤다. 그토록 나는 어리석은 사람이다. 물가에서 십 년을 살고, 노자와 장자를 십 년쯤 읽고 난 뒤에야 나는 물이 말하지 않음으로, 즉 무위로써 나를 가르쳤음을 깨닫고, 물을 내 참스승으로 받아들였던 것이다.

물이
흘러넘치게 하라

■

《쾌락의 옹호》

《뇌, 생각의 출현》

《창조성의 비밀》

시간을 죽이면 결국
시간에 죽임을 당한다
끊임없이 생각하여 시간을 장악하라
무지를 무지로써 견디고
불확실성을 불확실성으로 견디어라

봄날에는 엉덩이를 의자에 붙이고 앉아 책을 읽는 일도 버겁다. 멀리서 누군가 나를 부르는 듯하여 문을 열어보지만 갈 곳이 마땅치 않다. 겨우내 굳게 닫혀 있던 서재의 창문을 활짝 열어두었더니 금쪽 같은 햇볕이 서재 바닥에 환한 무늬를 찍는다. 읽던 책에서 눈을 떼고 그 환한 무늬에 오래 눈길을 준다.

지난겨울은 추위로 혹독했다. 추위가 가혹할수록 새봄에 피는 꽃들의 색깔은 더 선명하고 눈부시다. 연못가에 다소곳이 서서 흰 꽃들이 만개한 앵두나무 가지를 오래 들여다본다. 이것들은 다 어디서 왔는가? 가지를 꺾어 봐도 그 안에는 꽃들이 없었는데……. 삶이 멀리서 오듯 꽃들은 먼 데서 온다. 보람 있는 일을 한 것도 아닌데 돌아오는 봄마다 꽃들이 피는 것은 황송하고 고마운 일이다. 꽃들은 내게도 옹색한 가슴을 열어젖히고 '살아라, 살아라'라고 속삭인다. 내가 꽃들이 건네는 말에서 배우는 것은 인종忍從의 지혜이다. 삶은 살기 위한 것이다. 사는 기쁨을 더 많이 가질수록 잘 사는 것이고, 잘 사는 것이야말로 생명의 본래적 의무에 충실한 것이다.

> "음미되지 않은 삶은 살아갈 가치가 없다." 무슨 말인가. 일을 이룸의 기쁨, 성장과 번영의 즐거움뿐 아니라 좌절의 슬픔, 쇠퇴와 영락의 괴로움들도 그 마땅한 폭과 깊이에서 느껴져야 한다는 뜻이다. 소크라테스에 따르면 '산다'는 것은 우리 일상의 모든 켜와 결, 굴곡과 주름들을 깨어 있는 정신으로 훑어내는 것에 다름 아니다. 그것을 그는 '음미한다'는 멋진 메타포로 표현하고 있는 것이다.
>
> 이왕주, 《쾌락의 옹호》

잘 산다는 것은 잘 죽는다는 것과 한통속이다. 타성과 나태 속에서 허송세월하는 것이 아니라 뜻과 보람으로 충만한 삶을 살아야만 잘 살았다고 할 수 있다. 허송세월하는 것은 시간 죽이기, 곧 킬링타임killing time 하는 것이다. 하릴없이 시간 죽이기를 하는 것은 삶의 귀중한 자원을 낭비하는 것에 지나지 않는다. 영국 시인 오스버트 시트웰은 "실은, 시간 죽이기는 / 시간이 우리를 죽이는 다양한 가운데 / 단지 또 하나를 가리키는 이름이다"라고 썼다. '우리가 시간을' 죽이는 게 아니라 '시간이 우리를' 죽이는 방법이라는 것이다.

잘 살기 위한 바탕은 끊임없이 '생각함'이다. 늘 새롭게 생각함 속에서 좋은 삶이 나온다. 그러기 위해 무지를 무지로써 견디는 것, 혹은 불확실성 속에서 불확실성을 느끼며 견디는 것은 아주 중요하다. 왜냐하면 불확실성에 대처할 때 생각의 번뜩임이 나타나기 때문이다.

> 번뜩이는 것이 바로 창의성이죠. 전구가 번쩍 하고 켜지는 것처럼 생각이 떠오르는 것입니다. 왜? 불확실한 것에 대처하기 위해서. 우리가 아하 하고 무릎을 칠 때 그 대상이 뭡니까? 답을 구하고 있던 불확실한 질문들이죠. 그래서 창의성의 비밀은 무엇이냐. 불확실성을 견디기 위해 감정이 출현했다는 겁니다. 우리 뇌는 불확실성을 사랑하고 적절한 맥락을 가진 그 불확실성을 계속 모니터링한다는 거죠.
>
> 박문호, 《뇌, 생각의 출현》

양적 조건이 충족된 다음에야
질적 전환이 일어난다
창의적인 생각들은
충분히 학습된 후에 떠오른다
물이 넘치게 해야 한다

창의성이란 아무 때나 번뜩이지는 않는다. 그것의 전제 조건은 공부의 양이다. 양적 조건의 충족 다음에야 질적 전환이 일어난다. 다시 말해 사고의 번뜩임, 즉 창의적인 생각들은 충분한 학습량이 전제되어야만 비로소 일어난다는 것이다. 창의적인 시를 쓰는 시인들은 끊임없이 다양한 분야의 책을 읽어야만 한다. 그렇게 "충분한 학습량이 있어야 번뜩임이 일어난다."(《창조성의 비밀》)

> 융통성, 판단력, 비전이 탁월한 학습 주도형 인간이 되려면 어떻게 해야 하느냐. 첫 번째, 지식의 수준을 높여야 합니다. 베이스캠프가 낮으면 산 정상에 도달하는 게 더 힘들죠. 집요한 학습으로 지식의 총량이 많아지면, 즉 판단력의 기준 바탕이 높아지면 삶의 예측은 더 정확해집니다.
>
> 두 번째, 질문을 품어서 성장시켜야 합니다. 질문은 함부로 하는 게 아니죠. 예부터 선사들이 하시는 말씀이 있습니다. "도를 깨치기 위해서는 의심 덩어리가 커야 하고, 강렬한 내적 에너지가 있어야 한다. 의심 덩어리를 함부로 노출한다든지 간단히 해결했을 때는 공부, 학습의 동력을 잃어버립니다. 그런 질문은 만들기도 어려우며 한번 얻은 질문은 적어도 5년, 10년 이상 내적으로 질문의 강도를 높여서 학습의 추진력으로 삼아야 합니다. 질문의 힘으로 대상을 보기 시작하면 결국 그 질문이 스스로 답을 찾죠.
>
> 세 번째, 학문에 미쳐야 합니다. 어느 수준에 도달할 때까지는 미

친 듯이 몰아붙여야 하는 겁니다. 보통은 5년, 좀 어려운 분야는 10년 단위로 계획하여 스스로 각 분야를 조망할 만큼 학습을 해야 합니다. 그래서 예술이 되었든 철학이 되었든 자연과학이 되었든 어떤 분야를 5년, 10년씩 완결하여 50년 공부할 것 같으면 적어도 다섯 가지 이상의 다른 분야를 섭렵할 수 있습니다.

네 번째가 중요합니다. 학습의 균형을 잡아야 합니다. 자연과학 대 인문과학의 비율을 7대 3 정도로 만들어야 합니다. 자연과학은 수학을 바탕으로 하는 학문입니다. 수학이라는 것은 숫자를 헤아리는 데서 출발하죠. 우리는 수 개념을 본능적으로 파악합니다. 뇌의 진화 덕분이죠. 자연과학은 40대가 되기 전에 공부해야 합니다. 나이가 들어서는 시작할 수 없습니다. 철학이나 문학 같은 분야는 나이가 들어서도 등단하는 사람들이 있지 않습니까? 하지만 미분, 적분, 일반상대성이론을 6, 70 먹은 노인이 취미로 공부했다는 이야기는 들어본 적이 없을 겁니다.

다섯 번째, 목표량이 중요합니다. 임계치를 넘어서면 양은 질로 바뀝니다. 그 임계치를 책으로 치면 3천 권 정도 될 것입니다. 자연과학 대 인문과학, 7대 3으로 해서요. 50대가 될 때까지 3천 권 정도 집요하게 읽다보면 정보가 서로 링크되면서 정보들 사이에 변화가 일어납니다. 양이 질로 바뀌는 거죠. 그리고 좋은 정보와 좋은 책을 구별할 수 있을 때부터 학습에 가속이 붙습니다.

박문호, 《뇌, 생각의 출현》

시인들이야말로 늘 학습하고, 늘 새롭게 생각함의 바탕 위에서 사는 사람들이다. 부끄러움이 많은 젊은 시인은 오는 봄에서 제 안의 죄를 읽고, 열심히 살아야겠다고 결심했다. "빨리 / 봄이 오면 / 죄를 짓고 / 눈이 밝어 // 이브가 해산하는 수고를 다하면 // 무화과 잎사귀로 부끄런 데를 가리고 // 나는 이마에 땀을 흘려야겠다."(윤동주, 〈또 태초의 아침〉) 젊은 시인은 봄의 한가운데에서 불현듯 이마에 땀을 흘려야겠다고 말한다. 이것은 무엇인가? 더 열심히 살아야겠다는 자기다짐이고 이것은 결국 존재의 확장과 자기의 완성을 향해 나아가겠다는 결심이다. 꽃들이 만개한 봄날의 뜰 안에 서 있으면 문득 윤동주의 이 시구들이 주는 의미가 또렷해진다. 봄은 이마에 더 많은 땀을 흘리며 열심히 살아야 할 이유가 되는 것이다. 봄이 가기 전에 대나무를 심고, 매화 몇 주를 사다 심어야겠다.

제2장

삶의 갈림길마다 ______ 책이 있다

하루를 끝내고 수고로운 발을 씻은 후 낮은 책상머리에 앉은 저물녘,

시간의 갈림길에서 나를 바로 세우는 것은 다른 무엇 아닌 책, 책이다.

책이 있어서 마흔의 긴 밤은 두렵지 않다.

과거의 나를 돌아보게 하고 현재의 나를 단속하며

내일의 나를 앞당겨보게 하는, 책. 책이 편안한 친구이다.

지적 생활을 하라

■

《지적으로 나이 드는 법》

《지적 생활의 발견》

진정한 지적 생활은
마흔에 시작되어야 한다
육체적 생활에 지쳐온 마음은
지적 생활을 통해 위로받을 수 있다
그 시작이 서재이다

마흔에는 '지적 생활'이 시작되어야 한다. 쇼핑을 하고 술을 마시고 갖가지 도락을 즐기는 삶은 육체적 생활이다. 그 즐거움에는 한계가 뚜렷하다. 무분별한 소비와 도락과 쾌락은 금방 시들해진다. 왜냐하면 그런 삶에는 지속가능한 의미가 없는 까닭이다. 지적 생활은 지력으로 하루의 시간을 밀고 나가는 생활이고, 내면적 가치를 드높이고 의미와 보람을 오래 지속시키는 삶이다.

위대한 작가나 사상가들은 자신만의 지적 공간을 꾸미고 양서들을 읽으며 그런 생활에서 인생의 참된 기쁨을 찾았다. 괴테나 칸트 같은 사람이 누린 지적 생활이 바로 그것이다. 괴테는 "아침 시간은 금화金貨를 물고 있다"고 했다. 그는 자연 속에서 책을 읽고 사유하는 지적 생활을 꾸렸다. 괴테는 제 삶이 아침부터 저녁까지 의미로 가득 찬 삶이라고 했다. 부럽지 않은가? 그게 바로 지적 생활의 기쁨이고 보람이다.

> 내 주변에는 술을 무척 좋아하면서 만년晩年 또한 행복하게 보냈던 분들이 많다. 나 역시 술자리의 유쾌함을 잘 안다. 그러나 나의 경우에는 저녁 술자리에서 사람들과 어울리는 것보다 나만의 시간을 만들어 내가 흥미를 느끼고 관심 있는 분야에 빠져드는 것이 더 즐겁다. 오늘 마시는 한 잔 술은 순간의 즐거움으로 그치지만, 오늘 저녁의 개인적인 투자는 훗날 지적 자극이 넘쳐나는 여생의 밑거름이 된다. 준비하는 기간이 늘어날수록 기쁨의 크기가 커지므로 하루라도 빨리 시작하는 것이 좋다. 매일 조금이라도 좋으니 관심 분야에 대한 공부를 지속하기 바란다. 이런 작은 노력에서 여생의 꽃이 활짝 피어난다. 이 세상에 투자 없이 얻을 수 있는 것은 없다. 지적 활동으로 충만한 여생을 누리고자 한다면 그만큼 준비가 필요하다.
>
> 와타나베 쇼이치, 《지적으로 나이 드는 법》

일본의 평론가이자 교수로 활동하는 와타나베 쇼이치는 서재를 갖는 것이야말로 지적 생활의 출발점이라고 말한다. 서재는 책들을 모아놓은 공간이다. 나는 해마다 1,000권 정도의 책을 구입한다. 물론 이 책들을 읽고 지적 생산을 하는 것이 생업에 잇대어 있기 때문에 아주 특별한 일도 아니다. 그러니까 내 서재에는 해마다 1,000권 이상의 책들이 늘어난다.

책을 사는 데 돈을 아끼지는 않는다. 그것은 책이 즐거움을 주는 물건이며, 삶의 의미를 풍부하게 만들어주는 사물이기 때문이다. 와타나베 쇼이치는 이렇게 적는다. “책이라는 것은 이상한 물건인 듯하다. 꼭 사야 하는 필수품은 아니지만 사지 않으면 안 되는 지적 재산이기 때문이다. ‘책을 사는 만큼 지식이 늘어난다’는 간단한 논리가 적용된다면 책을 많이 살 수 있는 부자들의 재력財力은 곧 지력知力이 될 것이다. 부富의 양과 지식의 양이 비례한다고 볼 수 있는 것이다.” 그는 개인 서재를 “지적 생산의 원천”이라고 말하며, 지적 생활을 하고자 한다면 적극적으로 개인 서재를 마련하라고 말한다.

하지만 물리적인 시간을 늘리는 것은 불가능하더라도, 지적 생활을 위한 공간을 확보함으로써 시간의 실질實質을 몇 배 더 높일 수는 있다. 예컨대, 나의 지인인 T씨처럼 원룸이나 오피스텔을 한 채 빌려 지적 생활을 위한 자신만의 공간을 마련한다면 더없이 이상적일 것이다. 물론 이 경우에는 경제력을 고려하지 않을 수 없다. 통계적으로 대부분의 직장인들은 40세 전후에 주택대출을 받아 자기 집을 갖게 된다고 한다. 살 집도 대출을 받아 마련하는 판에 지적 생활을 위한 공간을 마련하기 위해 집을 한 채 더 빌린다는 것은 결코 쉽지 않은 일이다. 특히 취미로 독서를 하는 사람들은 전문적으로 지적 생산을 해야 하는 사람들과는 공간을 사용하는 목적이 다르므로 더욱 쉽지 않다. 하지만 시간의 실질을 높이고 싶다면 지적 생활의 공간을 반드시 마련하는 것이 좋다.

와타나베 쇼이치, 《지적 생활의 발견》

다시 묻자. 왜 '지적 생활'인가? 삶이 즐겁고 영혼이 풍성해지기 때문이다. 연예인 사생활 이야기로 채워진 텔레비전 프로그램이나 들여다보고 남의 험담이나 하면서 사는 게 행복할까? 그건 영혼이 얇고 천박한 삶이다. 그 삶은 욕망에 매인 삶이고, 정신적 삶이 결락되어 있다. 정신적인 것이 빠질 때 영혼이 메말라 생활은 삭막해질 수밖에 없다. 정신적 삶을 즐기려면 물질적 필요를 넘어서서 지적 욕구를 채우려는 노력이 선행되어야 한다. 어떻게? "지적 생활은 책을 사들이는 삶이다"라는 간명한 언술 속에 그 대답이 들어 있다.

지적 생활의 바탕은 지적인 욕구이고, 그것에 의해 만들어지는 지력이다. 꾸준히 책을 읽으면 뇌가 '지적 모드'로 바뀌게 되어 있다. 끊임없이 책을 읽어야만 사유의 자극을 받을 수 있으며, 새로운 지적 경지에 가 닿을 수 있다. 더 이상 책을 읽지 않는다면, 그 지점에서 사유의 세계는 성장을 멈추고 만다. 서재는 "최적의 지적 공간"이다. 그러므로 꼭 정독해야만 할 책이라면 도서관이나 남에게서 빌려 읽지 말고 반드시 사라. 책들을 한 권 한 권 사모아 자신만의 서재를 만들어라.

> 책을 보면 그 사람이 어떤 사람인지 알 수 있다. 책은 곧 나를 말해주는 것이다. 즉, 나만의 고전을 만드는 것은 곧 나를 만들어가는 과정이다. (…) 나만의 고전이 없다면 다양한 분야의 책을 아무리 많이 읽는다고 해도 진정한 독서가라고 할 수 없다. 2~3년 전에 재미있게 읽었던 책들을 다시 한 번 읽어보자. 그리고 그 중에서 여전히 재미있다고 생각되는 몇 권을 골라보자. 그렇게 선택한 책을 반복해서 읽어보자. 그러다보면 어느새 진정한 독서가로 추앙받게 될 것이며, 곁에는 나만의 귀한 고전이 자리 잡고 있을 것이다.
>
> 와타나베 쇼이치, 《지적 생활의 발견》

당신의 서재는 당신 영혼의 품격과 깊이를 고스란히 보여준다. 그리고 서재의 책들은 당신에게 축적되어 당신만의 고전들이 생길 수 있다. 아울러 장서의 양이 지적 수준을 결정한다는 말에 전적으로 공감한다. 나는 30여 년 동안 대략 3만여 권의 장서를 모았다. 이것은 "지식의 누적 효과"를 갖다준다. 책들은 지식의 원천일 뿐만 아니라 새로운 영감의 샘이기도 하다. 자신만의 서재를 꾸린다는 건 시간의 실질實質을 돈으로 확장하는 거나 마찬가지다. 장서들은 지식을 구하려는 시간을 단축함으로써 더 많은 시간을 풍족하게 쓸 수 있게 해준다.

나의 지적 생활은 철저하게 3만여 권의 장서로 채운 서재에서 나온다. 양서로 채운 서재는 지적 생활을 위한 최적의 환경이다. 책을 더 많이 사라. 그리고 책을 읽을 시간을 내라. 거기서부터 당신의 지적 생활이 시작된다.

책으로
혁명하라

■

《책 읽는 뇌》

《차라투스트라는 이렇게 말했다》

가을의 예감 속에
책이 줄 지고한 쾌락에 대한 기대로
가슴이 뛴다
이 가을,
나는 한 권의 책으로
나의 지평을 넘어설 것이다

아침저녁으론 긴소매 옷을 찾아 입을 만큼 날이 차가워졌다. 햇빛으로 직조한 불꽃 여름은 저 멀리 가버렸다. 연못 주변으로 여름내 풀들이 무섭게 자랐다. 풀들은 연못과 나를 가로막고 갈라놓는다. 며칠째 벼르다가 오늘 아침에 마침내 낫을 들고 나가 풀들을 쳐냈다. 풀을 쳐내며 여름은 끝났다, 라고 나도 모르게 속으로 외치니, 돌연 가슴이 뛰기 시작한다.

연못가의 풀들을 쳐내고 땀을 씻은 뒤 서재로 들어와 책을 읽는다. 한결 또렷해진 가을의 예감 속에서 가슴이 뛰는 이유는 책 읽기라는 지고한 쾌락이 분명 더 감미로워질 것이기 때문이다. 가을밤은 벌써 책상 위에 쌓인 책들로 인한 솟구치는 기쁨들을 예약한다. 나는 책과 책에서 울려나오는 메아리들에 매혹된 자, 그 중단을 모르는 발아發芽에 중독된 자이다. 나는 책 속에서 날마다 새롭게 발아한다.

왜 이토록 책 읽기에 매달리는 것일까. 물론 책의 세계는 위대하다. 헤르만 헤세는 "자연의 선물로 받은 것이 아니라 인간이 영혼을 바쳐서 창조한 여러 세계 가운데 가장 위대한 것은 책의 세계이다"라고 말한다. 내가 책에 탐닉하는 것은 심오한 통찰로 이루어진 책의 세계의 위대함 때문이 아니다. 단지 눈에 들어오는 지식과 정보를 얻는 게 목적이었다면 나는 이토록 책을 읽지 않았을 것이다.

책은 우리를 무한한 사유와 창조의 능력으로 이끈다. 책을 읽으면서 우리는 얼마나 자주 샛길로 빠져 엉뚱한 곳에서 헤맸던가! 허나 그마저도 소중하다. 책을 읽다가 딴생각에 빠져 헤매는 일은 "추론과 생각에서 비롯된 예측불허의 간접적 에두름"(《책 읽는 뇌》)이다. 그 경험은 우리를 주어진 정보를 넘어서서 예측하지 못한 독자적 사유와 창조적 진화에 이르게 한다. 이게 책의 생성적 장점이다.

무엇보다도 나는 즐겁기 때문에 책을 읽는다. 나는 읽어야 할 새로운 책 앞에서 흥분되어 가슴이 뛴다. 책 읽기는 나날이 내 안에서 이루어지는 '혁명'이기 때문이다.

D.H. 로렌스의 〈제대로 된 혁명〉이란 시를 보자. "혁명을 하려면 웃고 즐기며 하라 / 소름끼치도록 심각하게는 하지 마라 / 너무 진지하게도 하지 마라 / 그저 재미로 하라." 날마다 웃고 즐기며 책 읽기에 빠져든다. 책 읽기에서 미처 예기치 못한 재미와 즐거움을 찾아낸다. 책 읽기는 내게 그 무엇과도 바꿀 수 없는 청정무구

한 취향이며 지고한 쾌락이다.

D.H. 로렌스의 시는 우리에게 이렇게 이른다. "획일을 추구하는 혁명은 하지 마라 / 혁명은 우리의 산술적 평균을 깨는 결단이어야 한다 / 사과 실린 수레를 뒤집고 사과가 어느 방향으로 / 굴러가는가를 보는 짓이란 얼마나 가소로운가?" 책을 읽는 것은 뇌의 역량을 키우기 위해서도, 전문적 지식을 늘리기 위해서도 아니다. 그것은 '산술적 평균을 깨는 결단'이다. 그 결단만이 그저 그런 삶, 신비함도 오묘함도 없는 나날들, 어떤 섬광도 품지 못한 채 범속함의 권태에 찌든 채 흘러가는 자아를 넘어서서 어둠을 뚫고 동트는 새벽으로 나아가게 한다.

> 독서는 선천적인 능력이 아니다. 인류가 독서를 발명해낸 것은 불과 수천 년 전이다. 인간은 이 발명품을 통해 뇌 조직을 재편성했고 그렇게 재편성된 뇌는 인간의 사고 능력을 확대시켰으며 그것이 결국 인지 발달을 바꾸어놓았다. 독서는 인류 역사상 최고의 발명품이며 역사의 기록은 그 발명의 결과 중 하나라고 할 수 있다.
>
> 인류의 조상이 이렇듯 훌륭한 발명을 할 수 있었던 것은 인간의 뇌가 비상한 능력을 갖고 있었기 때문이다. 사람의 뇌는 기존 구조 안에서 새로운 연결connection을 만들어낼 수 있다. 이는 뇌가 경험에 따라 형태를 바꿀 수 있기 때문에 가능한 프로세스다. 가

소성plasticity은 뇌 구조의 핵심적 특성으로 인류의 현재와 미래를 이루는 많은 것의 기반이 된다고 할 수 있다.

매리언 울프, 《책 읽는 뇌》

책을 읽는 행위는 선천적으로 타고난 프로세스에 의지하는 게 아니라 후천적인 학습과 훈련의 결과로 이루어진다. 책을 읽으려면 "주의와 기억 그리고 시각, 청각, 언어 프로세스"(《책 읽는 뇌》)를 작동하면서, '나'라는 존재 지평을 넘어가야 한다. 이때 넘어간다는 것은 "아주 짧은 시간 동안 다른 사람의 의식에서 비롯된 전혀 다른 관점을 시도해보고 거기에 동화되어 결국 이입移入하는 프로세스"(《책 읽는 뇌》)를 가리킨다. 책 읽기는 인류가 인지신경의 발달 과정에서 이뤄낸 발명품이다. 문자를 발명하고 책을 읽게 되면서 인류의 뇌는 크게 바뀌었다. 책을 읽는 것은 "뇌 안에 이미 생리적, 인지적으로 돌이킬 수 없는 변화"(《책 읽는 뇌》) 속으로 들어간다는 뜻이다.

책을 읽는 행위에는 어휘들을 읽는 것 이상이 요구된다. 책을 읽고 이해하기 위해서는 "기초적인 주의, 지각, 개념, 언어 및 운동의 프로세스로 이루어진" 인지 수준cognitive level에서 "언어 정보와 개념 정보를 모두 연결한 뒤 당신은 각자의 배경 지식과 관여engagement에 기반을 두고 나름대로 고유한 추론과 가설을 생성"(《책 읽는 뇌》)해야만 한다. 뇌의 뉴런 회로들을 책을 읽기에 필요한 수준으로 최적화시켜야만 한다. 한 마디로 책 읽는 뇌로 포맷되어야 한 한다. 그렇지 않고는 한 쪽도 앞으로 나아갈 수 없다.

책을 읽을 때 우리는 자의식을 버리고 전혀 다른 세계로 들어간다. 책 읽기란 자신을 넘어서서 다른 세계로 가는 행위다. 책을 읽는 행위는 혁신적인 사유를 촉발시키고 우리의 가능성을 확장하며 우리를 새로운 어떤 세계로 데려가는 일이다. 책을 한 권씩 읽을 때마다 우리는 새로운 사람으로 나아간다.

책은 운명의 중력에서
벗어날 수 있는 자유를 준다
책은 인생의 슬픈 터널을 지나
우리를 새로운 세계로 안내한다

책이 없었다면 나는 하품하는 개나 뒷발질하는 당나귀나 나뭇가지 위에서 뜻 없이 우는 까치와 다를 바 없는 존재였을 것이다. 그것들은 동물이기 때문이 아니라 스스로 '운명의 중력'에서 벗어날 수 있는 능력이 없기 때문에 비천하다. 책은 스스로 운명의 중력에서 벗어날 수 있는 자유를 준다. 날마다 새로운 사람으로 나아간다는 게 그런 뜻이 아니겠는가?

19세 때, 나는 삶의 바른 궤도에서 벗어나 음악감상실이나 들락거리는 보잘것없는 백수 청년이었다. 그때 만난 한 권의 책이 내게 충만한 시간을 주었고, 운명의 중력을 뚫고 더 높은 존재로 도약할 힘을 주었다. 그 책은 시와 서사와 철학이 한데 어우러진 걸작인 니체의《차라투스트라는 이렇게 말했다》이다.

> 오, 차라투스트라여! 그대 안에 있는 빛나고 강하며 훌륭한 것 모두를 걸고 말하겠습니다! 이 소상인들의 도시를 향해 침을 뱉고 발길을 돌리십시오! (…)
> 뻔뻔스러운 자, 파렴치한 자, 글쟁이와 고함쟁이, 너무 뜨겁게 달아오른 야심가들이 터를 잡고 있는 이 도시를 향해,
> 온갖 부패, 추잡, 음탕, 음산, 퇴폐, 농양에 음모가 곪아터지고 있는 이 도시를 향해,
> 이 큰 도시를 향해 침을 뱉고 발길을 돌리십시오!
>
> 프리드리히 니체,《차라투스트라는 이렇게 말했다》

니체는 프로이트나 마르크스 등과 함께 현대철학에 큰 그림자를 드리운 철학자이다. 28세 때 첫 번째로 쓴 책《비극의 탄생》을 펴냈는데, 아폴론적인 가치와 디오니소스적인 가치의 구분을 통해 유럽 문명 전반을 꿰뚫는 통찰을 내놓는다. 니체는 이성에 바탕을 둔 서양의 모든 가치체계를 뒤집고 해체한 뒤, 그 자리에 니힐

리즘·가치전도·초인·영원회귀·권력에의 의지 등을 바탕으로 하는 새로운 형이상학의 성채를 세운다. 그는 서양 형이상학의 역사에서 뾰족하게 머리를 내민 섭돌이고, 그의 철학은 앞선 것을 가차없이 내리치는 망치이다.

희망보다 절망이 항상 넘쳤던 19세 때 나는 '차라투스트라'를 만나 큰 힘을 얻었다. 차라투스트라는 내가 되고자 하는 궁극의 목표, 내가 나아가고자 하는 길을 비추는 별이었다.

> 가장 긴 사닥다리를 가지고 있는 혼, 가장 깊숙한 곳까지 내려갈 수 있는 혼–자기 자신 속에서 가장 멀리 달리고 방황하며 방랑할 수 있는 혼, 기꺼이 우연 속으로 뛰어드는 가장 필연적인 혼, 생성 속으로 뛰어드는 존재의 혼, '소유'하고 있으나 소망과 의지를 '원하는' 혼, 자기 자신에게서 탈출하여 가장 넓은 원을 그리며 자기 자신을 추구하는 혼, 가장 달콤하게 어리석음을 타이르는 현명한 혼, 자기 자신을 가장 사랑하는 혼, 그 혼 속에는 모든 것은 자신의 격류와 역류, 밀물과 썰물을 가지고 있다.
>
> 프리드리히 니체, 《차라투스트라는 이렇게 말했다》

차라투스트라는 '긍정이라는 축복' 속에서 웃고 춤춘다. 19세 때, 나의 미래는 암울했다. 그때 뼈가 휘는 듯한 고통과 절망 속에서 나는 차라투스트라를 보고 비로소 웃을 수 있었다. 장차 글 쓰는 것을 업으로 삼으려는 젊은이에게 "피로 써라. 피는 정신이다. 피로 쓴 것만이 진실하다"라는 절구도 뼛속에 새겨졌다. 피란 무엇일까? 피는 타고난 기질이고, 본능이고, 정신이다. 마음이 흐트러질 때마다 나는《차라투스트라는 이렇게 말했다》를 읽는다.

어떤 책을 읽었을 때, 우리는 그 책을 읽기 전과는 다른 사람이 된다. 존재의 생물학적·인지적 형질이 미묘하게 바뀌어버려 우리는 더 이상 예전의 우리가 아니다. 책과 그것을 읽는 사람은 항상 역동적 상호작용을 한다. "텍스트와 인생의 경험 사이의 역동적 상호작용은 양방향적이다. 우리는 인생 경험을 실어 텍스트를 이해하고 텍스트는 삶의 경험을 뒤바꿔놓는다."(《책 읽는 뇌》) 새로운 책을 읽을 때마다 뇌의 역량이 커지고 생각과 감정은 성장한다. 존재의 내적 형질이 바뀔 뿐만 아니라 내적 도약이 이루어지는 것이다.

아울러 책 읽기는 치유와 정화의 힘을 준다. 우울한가? 따분한가? 화가 나는가? 자기가 무력하다고 느껴지는가? 그때마다 나는 필요한 모든 것을 구하기 위해 책으로 달려간다. 책 읽기는 인생의 슬픈 터널을 지나서 의식의 고양高揚이라는 신세계로 가는 길이다. 이 가을 아침에 내 가슴이 뛰는 것은 내가 책 속에서 사는 까닭이다. 그보다 더 중요한 것은 내가 읽은 모든 책들이 내 안에 살아 있다는 사실이다.

책에서 일생의 멘토를 만나라

■

《피가 되고 살이 되는 500권, 피도 살도 안 되는 100권》

《보르헤스에게 가는 길》

《책만 보는 바보》

희망 없는 나날에는
책을 읽으며 고통을 견뎌냈다
책 속에는 멘토가 있었다
그들은 책 속으로 비틀거려 들어오는
방황하는 걸음들에게
손을 내밀었다

내 본격적인 독서 편력은 스무 살 무렵에 시작되었다. 대학 진학을 하지 못한 채 나는 시립도서관의 문턱이 닳도록 드나들며 온갖 책들을 읽었다. 도서관의 모든 책들을 다 읽을 사나운 기세로 덤벼들었으나 물론 그건 가망 없는 꿈이었다. 날마다 책 한 권을 읽는 원칙을 세우고 그에 따랐다.

반가통半可通이 사물의 이치를 어렴풋하게 깨닫는 세계라면, 전가통全可通은 사람이 깨치고 알아야 할 사물의 이치와 앎들을 분명하게 추구하는 세계이다. 보르헤스나 다치바나 다카시 등은 전가통의 세계를 추구한 사람들이다. 대다수 사람들에게 삶의 기초적 바탕이 되는 앎은 반가통의 앎이라고 할 수 있다. 책을 읽지 않는 사회는 반가통만으로 통용되는 사회이다. 늑대들의 울부짖음이 진리를 대신할 수는 없는 노릇이지만 반가통의 세계에서는 그런 있을 수 없는 일들이 종종 일어난다. 누구나 알다시피 우리 사회는 대충 알고 모르는 것은 관습과 관행으로 지탱되는 반가통의 사회, 지적으로 굉장히 나태한 사회다. 그럼에도 사는 데 크게 불편하지 않다.

나는 시립도서관에서 질풍노도하는 청년기의 열정으로 동과 서, 옛것과 새것들을 두루 찾아 읽으며 전가통의 세계를 향해 한 발 한 발 내딛는 시절을 보냈다. 어깨 너머로 햇빛이 쏟아져 들어오던 시립도서관 참고열람실에서의 책 읽기는 잊을 수 없는 추억이다. 희망 없는 내일과 궁핍이 의식을 옥죄었지만 날마다 책들을 읽으면서 그 고통을 견뎌냈다.

20대 후반부터 30대 후반까지 생업에 매여 있던 시절은 내 독서편력에서 아주 암울하고 빈곤한 시절이다. 반가통의 독서로 겨우 연명하고, 늘 알 수 없는 결핍감과 불행한 느낌에서 헤어나지 못했다. 돌이켜보면, 젊은 시절엔 더 치열하게 책을 읽지 않았다. 반성한다. 다치바나 다카시의 《나는 이런 책을 읽어왔다》《피가 되고 살이 되는 500권, 피도 살도 안 되는 100권》《지知의 정원》 같은 책들을 읽으며 그의 독서편력을 이루는 목록들을 보고 기가 질렸다. 나는 그만큼 읽지 못했다. 책을 꽤나 많이 읽은 사람으로 소문나 있지만 따지고 보면 읽은 책보다는 읽지 않은 책들이 몇 천 배, 아니 몇 만 배나 더 많다. 책들의 대양에서 내가 읽은 책들이라고 해봤자 티스푼 하나 정도나 될 것인가!

읽지 않은 책들은 그 끝을 알 수 없는 대양으로 출렁인다. 특히 고전들을 젊은 시절에 읽지 않은 게 뼈아프도록 후회가 된다. 왜 그토록 시간이 많은 젊은 날들에 체계적인 계획을 세워 고전들을 읽지 못하였는가! 오늘의 내 한계는 그때의 독서 결핍에서 비롯한다. 십오륙 년 전부터 내 시간을 묶고 있던 생업에서 풀려나온 뒤로 내 책 읽기는 전에 없는 활력으로 풍요로워졌다. 다행이다. 더구나 인생의 후반기로 넘어와 책 읽기에 더 몰입할 수 있는 처지에 놓인 나 자신이 스스로 생각하기에 기특하다. 특히 지난 십 년 동안에는 책에 몰입해서 수천 권의 책들을 읽고 여러 권의 책들을 썼다.

나는 보르헤스를 떠올리고, 이덕무를 떠올리고, 다치바나 다카시를 떠올린다. 그들은 선각자들이다. 다치바나 다카시는 일본에서 명실공히 최고의 지식인으로 꼽히는 사람이다. 그는 도쿄제국대학을 나와 좋은 직장에 들어갔지만 3년 만에 짐을 싸들고 나온다. 그 이유는 단 하나. "점점 산더미처럼 쌓인 책들을 읽어치우지 못하게 되었다. (…) 읽고 싶은데 읽지는 못하는 책들이 책장 가득히 꽂혀 있는 것을 매일 바라보기만 한다는 것은 심한 고통이었다." 그러니까 읽고 싶은 책을 맘껏 읽지 못하는 환경에 대한 불만 때문에 직장을 그만두고 나온 것이다.

인류의 진보와 발전은 한정 없이 '더 알고 싶다'는 욕구가 그 바탕을 이룬다. 다치바나 다카시에 따르면 지적인 것을 향한 인간의 욕망은 원시생물 이래로 생명체를 떠받쳐온 생명원리이다. 책을 읽는다는 것은 그 생명원리의 발현이다. 그러니까 책을 맘껏 읽고 싶어 괜찮은 직장을 그만둔 것은 생명원리에 따른 것이라는 뜻이다.

> 인간이 살아가는 한 그리고 인간이 지적인 욕망을 상실하지 않는 한, 인간은 '더 책을 읽고 싶다' '새로운 책과 더 만나고 싶다'고 생각하는 존재입니다. 더 읽고 싶은 책이 계속해서 나타난다면 바로 그 사실 자체가 지적인 인간에게는 살아 있음의 증거라고 할 수 있겠습니다. 만일 그 욕망이 사라진다면 그 사람은 이미 지적으로 죽었다고 해도 좋습니다.
> 지적인 인간은 영원히 갈증을 해소할 수 없는 숙명에 처한 탄탈로스 같은 존재입니다. 읽어도 읽어도 만족스러울 만큼 충분히 읽는다는 게 불가능한 것이죠. 그러한 욕망과 욕구의 무한함을 부정적으로 보는 사람도 있습니다만, 내가 보기에 그건 옳지 않은 생각입니다.
> 오히려 그런 욕구의 무한함 속에서 생명의 본질이 있다고 생각합니다. 인류는 한정 없이 '더 알고 싶다'는 욕구의 충동질에 의해 여기까지 진보해온 것입니다. 생명체는 고세균이나 아메바 시대에서부터 탐색 욕구를 가졌으며 그 욕구를 바탕으로 살아왔습니다. 인간의 '더 알고 싶은 욕구'는 원시생물 이래로 존재해

온 '탐색 욕구'의 직계 자손입니다. 그것은 생명체의 생명활동을 떠받치는 '생의 원리' 그 자체라고 해도 과언이 아닙니다. 생명진화를 여기까지 이끌어온 가장 강력한 파워의 원천인 셈이죠. 그리고 그러한 파워의 원천에 떠밀리다시피 하면서 생명진화의 정점에서 태어난 '인간이라는 종'은 그 후에도 진화를 계속했습니다. 그리고 몇 만 년에 걸친 역사의 과정 끝에 겨우 현대의 문명세계에 이르게 되었습니다. 이 문명세계에서 그러한 생명원리가 어떤 발현방식을 취하고 있느냐 하면, '더 알고 싶다' '더 책을 읽고 싶다'는 욕구의 형식을 취하고 있습니다.

이러한 욕구를 상실하면 인류는 멸망합니다. 이 문명세계가 멸망하는 것이죠.

다치바나 다카시, 《피가 되고 살이 되는 500권, 피도 살도 안 되는 100권》

책을 읽고 싶다는 욕구는 지적인 것을 향한 욕구이고, 아울러 그것은 생명원리의 한 근본이다. 그 생명원리의 발현으로 말미암아 인류 문명이 건설되었다. 더 알고 싶다는 욕구는 생명진화의 원동력이었다. 다치바나 다카시는 이런 욕구의 상실은 곧 인류의 멸망으로 이어질 것이라고 경고한다.

쉰여덟 번째의 생일을 보낸 뒤 보르헤스는 완전한 실명에 이르렀다. 실명이 평생 책과 함께 살아온 보르헤스의 책을 향한 열망을 꺾지는 못했다. 그는 주위에서 책을 읽어줄 사람을 구해 많은 책들을 읽었다. 피그말리온이라는 서점에서 일하던 소년 알베르토 망구엘도 그 서점의 단골이던 보르헤스에게 책 읽어주는 사람으로 발탁되었다. 아르헨티나 국립도서관장을 지내던 작가 보르헤스의 서재에서 열여섯 살의 소년이 책을 읽으면 보르헤스는 조용히 경청했다. 뒷날 망구엘은 보르헤스에 대해 이렇게 썼다.

> 보르헤스에게 현실의 정수는 책 속에 있었다. 책을 읽고, 책을 쓰고, 책에 대해 이야기하는 것이 그 알맹이였다. 그는 수천 년 전에 시작돼서 한 번도 끝난 적이 없는 대화를 이어가고 있음을 본능적으로 인식했다.
>
> 알베르토 망구엘, 《보르헤스에게 가는 길》

청년 보르헤스는 낯선 이에게 말을 잘 건네지도 못할 정도로 수줍음이 많았다. 국립도서관을 문턱이 닳도록 드나들지만 사서에게 책을 요청하기가 부끄러워 열람실에서 백과사전만을 종일 읽곤 했다.

보르헤스와 짝을 이룰 만한 독서광으로 조선 후기의 북학파 실학자로 꼽는 이덕무를 빼놓을 수 없다. 그는 어릴 때부터 스물한 살이 될 때까지 선인들의 책을 하루도 손에서 놓은 적이 없었다. 온갖 서적을 두루 구해 읽었는데, 평생 동안 읽은 책이 2만 권이고 손수 베낀 책이 수백 권이다. 집은 비바람을 채 가리지 못할 정도

였고 변변치 못한 끼니조차 자주 거를 정도로 가난했다. 오죽하면 한겨울에 자다가 일어나 이불 위에 '한서漢書' 한 질을 덮고 매서운 바람이 들어오는 곳에 '논어論語'를 병풍처럼 세워 추위를 막았겠는가. 그런 가난 속에서도 책 읽기를 게을리하지 않은 이덕무는 마침내 마흔이 다 되어 규장각 초대 검서관에 임명되었다.

> 햇살이 환한 방 안에 가만히 앉아 책을 들여다보고 있노라면, 신기하기도 했다. 책상 위에 놓인 낡은 책 한 권이 이 세상에서 차지하는 공간은 얼마 되지 않을 것이다. 가로 한 뼘 남짓, 세로 두 뼘 가량, 두께는 엄지손가락의 절반쯤이나 될까. 그러나 일단 책을 펼치고 보면, 그 속에 담긴 세상은 끝도 없이 넓고 아득했다. 넘실넘실 바다를 건너고 굽이굽이 산맥을 넘는 기분이었다. (…) 허구한 날 좁은 방 안에 틀어박혀 있는 것처럼 보이지만, 이처럼 날마다 책 속을 누비고 다니느라 나는 정신없이 바빴다. 때론 가슴 벅차기도 하고, 때론 숨 가쁘기도 하고, 때론 실제로 돌아다닌 것처럼 다리가 뻐근하기도 했다.
>
> 안소영, 《책만 보는 바보》

이덕무는 현실의 삶에 갇혀 살지 않고 책 속에서 자신의 삶을 끝없이 확장시켰다. 날마다 새로운 세계로 자아를 옮기며 현실의 삶을 뛰어넘는 충만한 삶을 누렸다.

이 삶이 기꺼운 것은
날마다 책을 읽을 수 있는
여유를 주기 때문이다
책은 인생의 어떤 이름 모를 사막도
타박타박 건너게 한다

나는 날마다 한 권의 책 읽기를 실천하려고 애쓴다. 사람들은 자주 묻는다. 어떻게 하면 책을 많이 읽을 수 있나요? 책과 친해지고, 책을 잘 읽을 수 있는 방법은 다음과 같다. 첫째, 책에 몰입한다. 몸과 마음을 이완하고 책에 흠뻑 빠져든다. 몰입을 통해서 마침내 책과 하나가 되면 마치 무릉도원에 든 듯 행복해진다. 둘째, 책 읽는 즐거움 그 자체에 빠져든다. 책 읽기에서 즐거움을 찾지 못한다면 그걸 지속하기 어렵다. 셋째, 책 사는 데 돈을 아끼지 않는다. 읽어야 할 책들을 꼼꼼하게 고르고 그것들을 사들인다. 책들을 고르는 과정에서 이미 책 읽기는 시작된다. 넷째, 읽은 책들을 다 기억하려고 애쓰지 않는다. 읽은 것들을 다 기억할 수도 없을뿐더러 기억하는 것이 불가결한 것도 아니다. 기억은 상상력을 한정하지만, 망각은 무한상상력의 텃밭을 일구는 쟁기이다. 망각은 풍요화로 나아가는 하나의 길이다. 다섯째, 자기 수준에 맞는 책을 고른다. 자기가 좋아하는 분야, 좋아하는 저자의 책을 찾아 읽으면

실패할 확률이 낮아진다.

보르헤스는 우주를 거대한 도서관으로 상상했지만, 나는 우주를 한 권의 책으로 상상한다. 우주는 인류가 오래전부터 끊임없이 읽어왔고, 앞으로도 여전히 읽어갈 거대한 한 권의 책이다. 우리는 책이라는 낙타를 타고 우주라는 이름의 사막을 타박타박 횡단하는 중이다. 더 많은 책을 읽고 싶다는 인간의 불가피한 욕망이야말로 문명의 진화를 추동해온 힘이다. 책 읽기를 그친 세계에서는 문명의 역동적인 발전도 더 이상 존재할 수 없다. 그런 세계는 아주 빠르게 쇠퇴하고 소멸할 것이다. 그렇다고 내가 인류 문명의 발전이라는 거창한 소명 때문에 책을 읽는 것은 아니다. 하루도 쉬지 않고 한 권이나 두 권의 책을 읽는 것은 거기에 즐거움이 있기 때문이다.

꿈으로 너를
자유롭게 하라

《갈매기의 꿈》

꿈을 가진 사람은
현재에 발을 딛고 있으면서도
현재에 포박되지 않는다
꿈을 좇아 사는 삶은
현재에 매달려 사는 삶과
두드러지게 다르다

《갈매기의 꿈》을 언제 읽었을까? 아마도 스무 살 무렵이었을 것이다. 얄팍한 이 책을 나는 단숨에 읽었다. 한 이상한 갈매기에 대한 이야기. 다른 갈매기들이 오로지 먹기 위해 물고기만을 좇아다닐 때 조나단 리빙스턴은 더 높이 멋지게 날기 위해 비행연습에 몰입한다.

> 대부분의 갈매기들은 비상飛翔의 가장 단순한 사실—즉 먹이를 찾아 해안을 떠났다 다시 돌아오는 방법 이상의 것을 배우려고 마음 쓰지 않는다. 대부분의 갈매기들에게 문제가 되는 것은 나는 것이 아니라 먹는 것이다. 그러나 이 갈매기에게 중요한 것은 먹는 것이 아니라 나는 것이었다. 어떤 것보다 조나단 리빙스턴은 나는 것을 사랑했다.
>
> 리처드 바크, 《갈매기의 꿈》

먹이를 구하는 활동보다 더 잘 나는 것을 추구하는 것을 우선적으로 추구하는 것은 갈매기 무리의 오래된 전통을 거스르는 불온한 일이다. 바로 그 때문에 갈매기 무리에서 추방당한 조나단 리빙스턴은 존재하는 것에는 먹고사는 것 말고 더 숭고하고 위대한 꿈이 있다는 걸 항변하며 스스로를 변호한다.

이 책을 읽을 무렵 나는 인생에는 빵을 좇는 길과 꿈을 좇는 두 개의 길이 놓여 있음을 배워가는 중이었다. '빵'이 생물학적 존재의 필요와 욕망의 표상이라면, '꿈'은 먹고사는 것 너머의 삶을 욕망하는 것이다. '빵'이 지금 여기의 현실에서 얻을 수 있는 즉자적인 대상이라면, '꿈'은 현재가 아니라 미래에 얻을 수 있는 것이다. '빵'을 좇는 삶은 닳아져 없어지는 삶이다. 닳아져 없어진다는 점에서 그것은 항상 과거에 속한다. 반면 '꿈'은 저 너머이고 현재가 잉태하고 있는 미래이며, 늘 새롭게 태어난다. 그것은 과거도 아니고 현재도 아니며, 현재의 현재에 속한다.

'꿈'을 가진 사람은 현재에 발을 딛고 있으면서도 현재에 포박되지 않는다. 욕망함과 더불어 욕망의 실현이 현재를 만든다. 꿈을 좇아 사는 삶은 그 현재에 매달려 사는 무리 속에서 홀로 아직 현재에 당도하지 않은, 그래서 불확실한 위대한 미래 속에 사는 것을 뜻한다. 그 존재의 외피에 새겨진 '다름'은 두드러진다.

갈매기 조나단 리빙스턴에게 어머니 갈매기는 이렇게 말한다. "어째서 다른 갈매기들처럼 되는 게 그리도 힘들단 말이냐?" 조나단 리빙스턴의 꿈은 다른 갈매기와 똑같이 되는 것이 아니다. 그는 지금 여기서 다른 무엇도 아닌 자기 자신이 되는 자유, 진정한 자아가 될 자유를 좇는다. 다른 갈매기들이 먹이를 구하는 일을 생존의 첫 번째 원리로 추구할 때, 조나단 리빙스턴은 공중을 나는 꿈을 좇으며 그것 안에서 자신의 초월적 능력을 찾으려고 애쓴다. "가장 높이 나는 갈매기가 가장 멀리 보는 것이다"라는 진리를 깨닫고 그것을 향해 나아가고 있었던 것이다.

꿈이란 눈앞에 없는 것을
제 앞에 앞당겨 보는 것이다
꿈을 가진 사람은 그 원시안으로
현재의 위기와 시련에
쉽게 굴복하지 않는다

상징적으로 말하자면 꿈은 "입과 이齒에 결여된 것을 나타나게 하는 배고픔"(파스칼 키냐르)이다. 내 스무 살 앞에 놓인 인생은 모호하고 미래는 불투명했다. 나는 알 수 없는 배고픔에 빠져 기갈

들린 사람처럼 허겁지겁 책을 읽었다. 꿈을 좇는 사람은 존재의 궁극적인 결여를 안고 있는 까닭에 항상 배고프다. 나는 자발적으로 정규교육 과정에서 이탈해서 시립도서관을 다녔다. 규율을 강요하고 사사로운 것까지 통제하는 학교라는 제도를 견딜 수가 없었다. 그로부터 몇 년 동안은 시립도서관 구석에서 온갖 종류의 책들을 읽으며, 내 꿈이 무엇인지 그 실체를 붙잡기 위해 애쓴 시간들이다.

조나단 리빙스턴이 갈매기 무리에서 파문되었듯이 나 역시 꽤 오랫동안 가족과 친척들 사이에서 따돌림을 당했다. 꿈을 좇기 위해 무리 속에서 '다름'을 안고 사는 것은 쉽지 않다. 더러는 무시당하고 더러는 조롱당한다. 꿈이란 눈앞에 없는 것을 제 앞에 앞당겨 봄이다. 남들은 보지 못하지만 꿈꾸는 사람들은 본다. 꿈을 가진 사람은 현재의 위기와 시련에 쉽게 굴복하거나 꺾이지 않는다. 꿈은 두려움을 넘어서는 용기의 원동력이고, 실패에서 일으켜 세우는 동기이고, 아울러 현재를 뛰어넘는 도약의 지렛대가 되기 때문이다.

> 삶의 의미와 삶을 위한 한층 높은 목적을 찾고 따르는 갈매기보다 더 책임 있는 자가 대체 누구란 말입니까? 수천 년 동안 우리는 물고기 대가리를 찾아 휘젓고 다녔습니다. 그러나 이제 우리는 살기 위한 이유를 갖게 되었습니다. 배우고, 발견하고, 자유롭게 되는 것 말입니다!

리처드 바크, 《갈매기의 꿈》

《갈매기의 꿈》은 "수천 년 동안 물고기 대가리를 찾아 휘젓고" 다니는 갈매기의 보편적 삶에서 벗어나 보다 잘 나는 꿈을 좇는 이상한 갈매기의 우화이다. 갈매기 조나단 리빙스턴의 신비한 우화는 꿈을 갖는다는 것의 중요함과 함께 사람이 빵만으로는 살 수 없다는 평범한 진리를 깨닫게 한다. 빵은 우리를 목전의 욕망을 중요시하는 현세지향적 인간으로 만들고, 꿈은 현재라는 골짜기에 울리는 미래의 메아리를 듣고 미래지향적 인간으로 나아가게 만든다.

실패했다고 낙담하지 마라. 꿈은 실패에서 우리를 일으켜 세우고 기적을 부른다. 꿈을 가진 사람만이 목전의 욕망과 필요에 매이지 않고 "배우고, 발견하고, 자유롭게 되는 것"을 추구하도록 돕는다. 《갈매기의 꿈》에서 잊을 수 없는 내 인생의 한 구절을 뽑는다면 바로 이 구절이다. 이 구절은 아무 가진 것도 없는 스무 살의 청년에게 살아 있다는 것 자체가 기적이라는 자각과 함께 현재를 견딜 수 있는 용기를 주고, 한층 더 높은 삶의 목적을 향해 나아가도록 했다. 스무 살 청년에게 힘과 용기를 북돋워 주었다면, 몇 번 실패를 겪고 낙담에 빠져 있을지도 모를 마흔의 누군가에게도 똑같이 힘과 용기를 주리라고 믿는다.

조나단 리빙스턴은 거듭되는 실패에도 불구하고 어제 날았던 것보다 더 높이 날기 위해 오늘도 폭풍 속을 뚫고 날아오른다. 실패를 두려워 마라. 오히려 실패의 경험을 성공을 위한 자산과 동력으로 바꾸어라. 그게 조나단 리빙스턴에게 배울 수 있는 값진 교훈이다. 조나단 리빙스턴의 우화는 다른 누구도 아닌 자기 자신의 삶과 자유, 그리고 진정한 자아 찾기를 향한 감동적이고 숭고한 모험담이다.

뜨겁게
편지를 써라

■

《아름다운 삶, 사랑 그리고 마무리》

편지를 써본 적이 언제였던가?
아니 다시 묻자,
뜨겁게 편지를 써본 적이, 언제였던가?
이 소소한 일상도 꾹꾹 눌러쓰다 보면
하나의 진심이 되는 것을 알고 있는가?

여름 초입인데, 햇빛은 벌써 빙초산같이 뜨겁습니다. 정수리를 꿰뚫듯 작열하는 땡볕 아래에서 존재 자체가 곧 녹아내릴 듯합니다. 서운산 산딸나무는 흰 꽃을 피우고, 산벚나무 열매는 까맣게 익어갑니다. 오전 내내 감나무 아래를 돌아다니던 유혈목이는 그늘진 수돗가 시멘트 바닥에서 엎드려 쉬고 있습니다. 물통을 들고 나가다가 그의 휴식을 방해할까봐 돌아섭니다. 해가 울울창창한 밤나무숲 너머로 지고, 황혼이 새의 깃털처럼 떨어지겠지요.

날개 달린 것들은 공중에 떠서 날고, 더위에 지친 날개 없는 것들은 지상에서 고즈넉한 저녁을 맞습니다. 내 안에 있는 노동자도 문설주 아래로 내려오는 초록늑대거미를 바라보며 고요합니다. 이 저녁 당신은 멀리 있고 나는 박복한데 그 박복이 데면데면하기만 합니다. 이 불운과 박복을 위로하려면 심오한 기쁨이 있어야겠지요. 그래서 '유리감옥 주홍빛 밀랍에 갇힌'(보들레르) 포도주를 한

병 땄습니다. 그 붉은 포도주가 내 영혼으로 들어와 불러줄 '빛과 우애 가득한 노래 한 곡'을 기다립니다. 모란 작약이 필 무렵 잠시 보았던 당신, 지금은 그 노래의 후렴처럼 아득하기만 합니다.

낮엔 안성 시내에서 콩국수를 사먹고, 마침 장날이라 이곳저곳을 기웃거리다가 삼죽에서 온 할머니가 벌여놓은 노점에서 잡곡 몇 가지, 호박, 가지, 감자 따위를 샀습니다. 저녁이 되니 더위를 가시게 하는 비바람이 갑자기 몰아쳐 나무들이 살랑댑니다. 폴 발레리의 〈해변의 묘지〉에 나오는 한 구절, "바람이 분다, 살아야겠다"가 저절로 입술 사이로 흘러나왔습니다. 결국 내가 삶에 지나치게 편향된 인간이란 걸 실토하지 않을 수 없네요.

모든 것을 버리고 비워서 얻은 자유에 대해 숙고합니다. 잘 살았다고, 스스로의 어깨를 두드려주며 떠나고 싶습니다. 바둑에서 일국一局의 승패는 덧없는 것이지요. 결국은 삶도 마찬가지 아닐까요? '원하라, 가질 수 있느니!', 젊은 날에는 그렇게 뭔가를 쥐려고 열망했고, 그 열정으로 여기까지 왔겠지요. 소유하는 자는 결국 소유당한다는 깨달음을 갖게 된 건 다행이지요. 이제 적게 소유하며 한량으로 사는 것의 자유로움만이 내 것입니다. 그래서 '원하지 마라, 자유롭게 되리니!'라는 금언을 자꾸 중얼대는 것이지요.

잘 산다는 것은 어떻게 사는 것일까요? 때때로 나는 잠 오지 않는 밤에 헬렌 니어링이 쓴 《아름다운 삶, 사랑 그리고 마무리》를 읽습니다. 정말 여러 번 읽어도 물리지 않는 책이 바로 이 책입니다. 그 책의 한 부분을 여기에 인용합니다.

> 늙음은 땅과 죽음 사이에서 순환하는 삶의 내리막길을 가는 것입니다. 늙음은 몸의 기력이 떨어지는 분명한 단점과 아울러 많은 장점을 가지고 있습니다. 죽음을 앞둔 사람은 이제 큰 언덕을 넘은 것으로, 많든 적든 자신이 할 수 있는 범위 안에서 일을 해 왔으며, 이제 기대할 수 있는 것은 얼마 없습니다. 인도에서는 삶의 모습을 청년, 가족의 구성원, 철학자, 은둔자의 시기로 나누고 있습니다. 청년기는 어떻게 살아야 하는지를 배우는 학생의 시기입니다. 중년기는 가족의 구성원과 사회적 존재로서의 의무를 포함하여 세속에서 왕성한 활동을 하는 시기입니다. 마지막 단계는 눈에 보이지 않는 세계에 대한 생각과 명상, 은둔과 무집착의 시기입니다.
>
> 헬렌 니어링, 《아름다운 삶, 사랑 그리고 마무리》

헬렌 니어링은 1904년에 미국에서 태어난 여성입니다. 그녀는 스물네 살 때 스물한 살이나 더 많은 스콧 니어링을 만나 함께 살았습니다. 스콧 니어링은 미국 자본주의와 산업주의의 야만성에 맞서 싸운 사람이지요. 두 사람은 나중에 문명화된 미국을 등지고 버몬트 숲에 들어가 스스로 집을 짓고 농장을 일구며 살았습니다.

그들은 사회와 세상을 바꿀 수 없었기 때문에 그들 스스로를 바꾸고, 자아의 성장을 위해 노력했습니다. 값싸고 풍성한 문명이 주는 자극제 대신 거칠고 딱딱한 자연을 벗 삼아 그것과 조화를 이루는 삶을 추구했습니다. 그들은 자연과 더불어 살며 참으로 충만하고 보람 있는 삶이 무엇인가를 행동과 실천으로 보여준 사람들입니다. 헬렌 니어링은 더 건강하고 활기찬 삶을 위해 우리에게 다음과 같이 충고합니다.

> 적극성, 밝은 쪽으로 생각하기, 깨끗한 양심, 바깥 일과 깊은 호흡, 금연, 커피와 차를 포함해 술이나 마약을 멀리함, 간소한 식사, 채식주의, 설탕과 소금을 멀리함, 저칼로리와 저지방, 되도록 가공하지 않은 음식물. 이것들은 삶에 활력을 주고 수명을 연장시킬 것입니다. 약, 의사, 병원을 멀리하십시오.
>
> 헬렌 니어링,《아름다운 삶, 사랑 그리고 마무리》

편지는 일기와 같다
뜨거운 편지는 고로,
자기 생의 뜨거운 증명이다
지금 자신의 날감정들이 무엇인지
뜨겁게 편지를 쓰며 확인하라

어느덧 밤입니다. 섬돌 밑에서 풀벌레 노래는 높고, 달은 조도照度를 한껏 높인 채 뜰에 서성입니다. 어두운 수풀 위로 반딧불이가 날아와 군무를 춥니다. 집 안팎의 불들을 다 끄고 오래 그 군무를 감상합니다. 그러다가 다시 불을 켜고 《논어》를 읽었습니다. 공자는 조상의 제사를 지낼 때는 마치 조상이 눈앞에 있는 것처럼 하고, 신에게 제사를 지낼 때는 마치 신이 그곳에 있는 것처럼 하라고 말합니다. 그게 '예禮'라는 것이죠. 늦도록 책을 읽고 깜빡 덧창을 닫는 걸 잊은 채 잠이 들었나봅니다. 새벽에 서늘한 기운에 깨어나 덧창을 닫고 다시 무명이불 속으로 들어가 남은 잠을 청합니다. 수백 마리의 새떼들이 날아와 지저귀는 소리에 깨어나는 이 청량한 아침, 아늑한 늦잠이라니!

그리스 여행을 위해 그리스어를 배우는 당신의 모습은 아름답습니다. 나는 삼백 가지의 꿈을 꾸고, 이백아흔아홉 개는 버렸습니다. 그것들은 끝내 이루지 못할 게 분명하니까요. 그런데 나를 만든 건 바로 기어코 이룬 한 개의 꿈이 아니라 그 이백아흔아홉 개의 덧없이 버려진 꿈이었지요. "자신이 쓰지 않은 작품 속 주인공처럼 사는 법을 배우라"(에픽테토스)고 하는데, 잘 산다는 것은 뭐, 그런 걸까요? 삶을 만드는 건 우리가 걸어온 길이겠지만, 정작 우리 마음을 끌고 가는 건 가보지 못한 그 수많은 길들 아니던가요?

풀잎에 맺힌 이슬은 함초롬하고, 빨래들은 잘 마르고, 잠은 달콤합니다. 여름에 이루어지는 이별의 예식들은 짧아야만 합니다. 여름은 생각보다 길지 않기 때문입니다. 하지와 추분 사이에서 황국黃菊과 뱀들의 전성시대는 짧게 끝나고 나무들은 저마다 제 발등 아래에 유순한 그림자들을 키우겠지요. 뜰 안 대추나무 가지마다 매달린 대추들에 붉은빛이 감돌겠지요. 그리고 곧 동지冬至의 밤들이 서리와 초빙初氷과 첫눈을 몰아오겠지요. 오늘밤도 당신에게 숙면의 축복이 함께하기를 빕니다.

부치지 못할 편지를 써라

■

《실수 없이 제대로 사랑할 수 있을까?》

《사랑은 지독한 혼란: 그러나 너무나 정상적인》

《사랑 예찬》

새벽에 쓴 편지는 아름답다
대개는 부쳐지지 못하고 아침에 폐기된다
폐기되는 그것에는
환한 빛 아래에서는 차마 보기 힘든
진짜 진심이 널려 있기 때문이다

당신을 '구름'이라고 부릅니다. 아무도 당신을 그렇게 부르지 않기 때문에 그 이름은 당신을 향해 내게서 발음된 처음이자 마지막인 호칭일 겁니다. 새벽 네 시 반에 깨어나 앉아 한참 동안 멍하니 있습니다. 고층 아파트에서 저 멀리 내려다보이는 저 낮은 들은 온통 안개 바다입니다. 어젯밤 작별인사도 없이 당신은 왜 그렇게 황황하게 가버렸을까요. 지금 제 속은 쓰리고 정수리는 지끈거립니다. 그제와 어제에 걸쳐 우리에게 일어났던 일들은 어떻게 말로 다 설명할 수 있을까요. 나는 분노, 무력감, 광기……, 그 자체였습니다. 우리는 격렬하게 취하고, 맹수처럼 뜨겁게 싸웠습니다. 지금 나는 황량합니다. 마치 토네이도가 존재의 한가운데를 뚫고 지나간 느낌입니다.

당신은 내게 사랑하냐고 묻고, 나는 '그렇다'라고 대답합니다. 당신은 왜 사랑하냐고 다시 묻고, 나는 '그냥 사랑한다'라고 대답합니다. 달의 인력 같은 이 사랑에 대해 알지만 그 이면은 알 수 없는 탓입니다. 그 물음에 망설임 없이, '당신이니까'라고 할걸 하는 후회가 남아 있습니다. 사실 우리는 '사랑'에 대해서 잘 모릅니다. 그래서 사랑할 때마다 많은 실수를 저지르지요. 얼마 전에 읽은 책의 한 대목인데요.

> 다음과 같은 시나리오를 상정해보자. 자기평가가 심각하게 부족한 여자가 한 남자를 만난다. 여자는 남자에게 애착을 느끼기 시작한다. 자신이 필요로 하는 안정감을 남자가 채워준다고 생각하기 때문이다. 감정적인 '블랙홀'과도 같은 여자는 남자에게 끊임없는 애정 표현을 부탁한다. 남자가 여자를 안심시키기 위해 숱한 노력을 기울여도 소용이 없었다. 늘 만족하지 못한 채 자신이 사랑받지 못하고 남자를 잃어버릴 거란 생각에 겁이 난 여자는 남자에게 자기 곁에 있어달라고 끊임없이 졸라댔고, 남자가 혼자 시간을 보내고 싶어 하면 자신이 버려졌다는 느낌을 받았다. 여자는 이에 대해 점점 더 노골적으로 비난하고 나섰다. 여자는 매번 자신의 요구가 사랑의 증거라고 설명하며 자신을 합리화했고, 남자에게 빈틈없이 헌신하는 것이라고 주장했다. 필요한 것을 얻지 못해 상처받은 여자는 점점 공격적인 호소망상 환자가 되어갔다. 여자는 자신이 버려졌다고 여기고, 남자가 자신을 전혀 이해해주지 않는다고 생각했으며, 외로움과 고독감에 시달렸다.
>
> 세르주 에페즈, 《실수 없이 제대로 사랑할 수 있을까?》

사랑에 대해 잘 모르기 때문에 이런 실수를 저지르는 게 아닐까요? 사랑할수록 외로움과 고독감에 시달리는 것도 바로 그 때문이 아닐까요? 우리는 어떻게 한 사람을 만나 사랑에 빠지는지를 잘 모릅니다. 서로 몰랐을 때 우리는 바쁜 심부름에 나선 아이와 같이 옆을 스치면서도 인사 한마디 없이 제 갈 길에만 골몰했지요. 재앙과 불행을 품고 흐르던 당신을 알기 이전의 시간들에게 고개를 숙여 목례를 보냅니다. 그 시간들이 제게 아무 신호도 보내지 않았다면 어떻게 당신을 만날 수 있었겠어요? 그 최초의 우연, 그 최초의 인연이 없었다면 내가 어떻게 흐르는 물이 되어 당신에게 닿을 수 있었겠어요? 한 사회학자는 사랑을 현대의 신흥종교라고 말합니다.

> 사랑에 대한 우리의 믿음의 본질은 사랑을 종교와 비교함으로써 가장 잘 알 수 있을 것이다. 양자는 완벽한 행복을 얻을 수 있다는 것을 약속하는데, 이 행복을 성취하는 노선이 아주 비슷하기 때문이다. 사랑과 종교는 모두 일상의 고통에서 빠져나와 일상성에 새로운 아우라를 줄 수 있다고 말한다. 이리하여 식상하고 낡은 태도들은 내팽개쳐지고 세계는 새로운 의미로 가득 차게 되는 것처럼 보인다. 종교의 경우 모든 에너지는 다른 무한한 현실, 즉 유일하게 참된 현실이자 모든 유한한 삶을 포괄하는 현실로 향한다. 그런데 사랑의 경우 이처럼 모든 일상적 경계선

을 열어젖히는 것이 성적 열정 속에서 감각적·개인적으로 일어날 뿐만 아니라 자신과 세계에 대한 새로운 지각 속에서도 일어난다. 연인들은 서로를 다르게 보고, 그래서 달라지고 다르게 되어 서로에게 새로운 현실을 열어준다. 각자의 역사/이야기history를 드러내는 가운데 연인들은 스스로를 재창조하고 미래를 새로운 모습으로 그려나간다. 사랑은 '두 사람을 위한 혁명'(Alberoni, 1983)이다. 두 사람의 앞길을 가로막고 있는 온갖 적대적 현실과 도덕률을 극복하면서 연인들은 진정 두 사람의 사랑을 증명한다. 연인들은 자기 감정에 고무되어 새로운 세계, 즉 지상의 세계이지만 동시에 두 사람만의 왕국 속에 살게 되는 것이다.

울리히 벡 외, 《사랑은 지독한 혼란: 그러나 너무나 정상적인》

사랑에 빠진다는 것은 대책 없이 예측할 수 없는 미래를 향해 자기 존재를 열어놓는 것을 뜻합니다. 그것은 "두 사람을 위한 혁명"이면서, 동시에 "아래로부터, 성적 충동의 힘과 지속성으로부터 그리고 개인의 깊은 소망으로부터 자라나는 유토피아"(《사랑은 지독한 혼란: 그러나 너무나 정상적인》)이기도 하지요. 우리가 사랑에 몸 달아 하는 것은 어쩌면 당연한 것입니다.

그럼에도 우리는
부치지 못할 편지를 써야 한다
자신조차도 외면하고 숨겨왔던
속내를 스스로 확인하는 일을
견디며 써야 한다

나는 믿습니다. 내 자신과 직관을, 저 멀리서 다가오는 운명의 기척을, 그리고 결코 다시 올 수 없다는 것이 삶을 그리도 달콤하게 만드는 것을. "사랑하고서 잃는 것이 / 아예 사랑하지 않았던 것보다 낫다는 것을."(테니슨, 〈추도〉) 당신은 늘 내 가슴을 뛰게 합니다. 내가 아는 것은 그것뿐. 왜 내가 당신을 사랑하게 되었는지에 대해 말할 수 없습니다. 당신의 밝은 피부, 긴 손가락, 입술, 푸른색이 도는 눈동자, 목젖이 보일 만큼 깔깔 웃는 웃음들, 한 옥타브 높은 명랑한 목소리, 늘 볼 때마다 아찔한 현기증이 나는 당신의 뒷모습, 당신이 당신임을 증명하는 어떤 향기들, 당신이 당신이라는 것을 말해주는, 살 저 너머에 있는, 갈비뼈 아래에 숨어 있는, 결코 만질 수 없는 당신의 마음을 보았다고 말해도 그 사랑은 다 해명되지 않습니다. 인색한 고리대금업자 같은 이 세상에게 몸을 주고 무력하게 피를 빨리다가, 우연의 운명으로 당신을 만나고, 당신의 마음을 얻었습니다. 잉여로서가 아니라 내가 가진 모든 것들

을 다해. 내 시간, 열정들, 피와 살들로 당신을 사랑할 겁니다! 나는 이 사랑의 끝까지 가보기로 결심했습니다.

> '나는 너를 사랑한다'는 타입의 선언은 만남이라는 어떤 사건을 확정해주기 때문에 매우 근본적이며, 또한 책임을 부여합니다. 그러나 타인에게 제 몸을 맡기는 행위, 타인을 위해 옷을 벗는 행위, 알몸이 되는 행위, 태고의 몸짓을 완수하는 행위, 부끄러움을 모두 던져버리는 행위, 소리 지르는 행위처럼 몸과 결부된 행위로의 진입 따위는 사랑에 대한 위임의 증거로서 제 가치를 지니게 됩니다. 바로 이것이 사랑이 우정과 비교할 때 드러나는 근본적인 차이입니다. 우정에서는 육체적인 증거를 찾지 않으며, 육체의 쾌락에서 울려나오는 반향도 없습니다. 이렇기 때문에 우정은 가장 이지적인 감정, 철학자들 중에서도 열정을 불신하는 철학자들이 늘 선호해왔던 바로 그런 감정인 것입니다. 사랑은 특히 지속성 안에서 우정의 모든 긍정적 특징들을 취합니다. 그러나 또한 사랑은 타인이라는 존재의 총체성에 관련되며, 육체의 위임은 이 총체성의 물질적 상징이기도 합니다.
>
> 알랭 바디우, 《사랑 예찬》

사랑한다는 것은 책임을 진다는 것입니다. 우정은 육체를 배제하지만 사랑은 몸을 통해 전달되고 선언됩니다. 이지적인 감정만으로도 충분한 우정과는 달리 사랑에는 행위들이 따르고, 행위들을 통한 육체의 위임이라는 문제가 개입됩니다. 당신이 사막에 있든 황량한 벌판을 방황하든 난 그곳으로 갈 것이고, 당신이 밤을 지내는 그 자리에서 나 또한 걸음을 멎고 밤을 지낼 겁니다. 마침내 당신이 죽는 곳에서 나도 죽어 묻힐 겁니다. 당신은 튤립처럼 명랑하고, 나는 얼음에 갇힌 북극고래처럼 우울합니다. 명랑과 우울이 만나 치명적인 기쁨을 만듭니다. 벚꽃 아래 길을 가듯 나는 한 번도 가지 않은 그 길을 가보려고 해요. 아아, 벌써 저 들판의 회색 안개가 은빛으로 타오르는 태양을 토해내고 있어요. 당신과 멀리 떨어져 있는 나는 외롭고, 벌써 당신이 그리워집니다. 나는 또다시 당신을 만나러 갈 겁니다.

때때로
길을 잃어보라

■

《아무도 가르쳐주지 않는 여행의 기술》

《걷기의 역사》

길을 잃어보지 못한 사람은
새로운 것을 만날 수 없다
알지 못하는 곳 그 어딘가에는
발견으로 가득한 삶이 놓여 있다

사람은 태어나는 순간부터 타자의 도움을 받는다. 어머니의 입덧과 산통과 육아의 수고들, 아버지의 헌신적인 희생이 없었다면 오늘의 나는 있을 수 없다. 어디 그뿐인가. 방황할 때 길잡이가 되어준 그 많은 스승들, 우정의 가치를 일깨워준 친구들, 곤경에 빠졌을 때 도움을 베푼 사람들이 없었다면, 오늘의 나는 없었을 것이다. 사람은 그렇게 도움을 주고받으며 어울려 살도록 태어난다. 누구도 혼자 살 수 없다. 저 멀리 여행을 떠나보라. 낯선 곳에 발을 디뎠을 때 아주 큰일에서부터 작은 일까지 일일이 타인의 도움을 받아야만 한다.

지난해 여름 미국 여행길에서 겪은 일이다. 미국 항공사의 비행기를 탄 것은 순전히 국내 항공사보다 운임이 쌌기 때문이다. 어쩐 일인지 인천공항에서부터 출발이 지체되었다. 게다가 샌프란시스코 공항에 내려서 올랜도 공항으로 가는 미국 국내선을 갈아타야만 하는데, 까다로운 입국심사 때문에 시간이 더 지체되었다. 탑승 게이트를 찾아갔더니 올랜도행 비행기는 벌써 짐을 실은 채 떠난 뒤였다. 중부도시 덴버를 경유해서 올랜도로 가는 비행기 편이 있다고 했다. 항공사에서 덴버행 티켓을 끊어주었다. 그런데 덴버행 비행기도 출발이 지연되었다. 덴버 공항에는 예정 시각보다 세 시간이나 늦은 밤 10시에 도착했다. 물론 덴버 공항에는 올랜도행 비행기는 이미 없었다. 밤이 늦은 시각이라 그 넓은 국제공항에는 사람도 거의 보이지 않았다. 처음 와보는 이 낯설고 광활한 곳에서 나는 어떻게 해야 할지 막막했다.

어떤 책은 길을 잃어야만 새로운 세계를 발견할 수 있다고 말한다. 누구나 자신이 길을 잃었다고 판단하는 순간 불안에 빠진다. 그것이 미지의 세계와 만날 수 있는 기회라는 생각을 갖기는 어렵다. 그런데 중요한 것은 길을 잃지 않는 것이 아니라 지나치게 당황하거나 흥분해서 패닉에 빠지지 않는 것이다.

> 우리는 길을 잃었다는 당황스러움과 눈에 보이는 낯선 풍경들 때문에 혼란스러운 상황으로 몰린다. 이때 본능을 믿고 몸을 맡기면, 자신의 새로운 모습을 발견하게 될 것이다. 우리의 본성은 생각하는 것 이상으로 감각적이어서, 위기의 상황에 맞닥뜨리면 숨겨두었던 구체적이고 세세한 방향 찾기 능력을 마음껏 발휘한다. 이런 경험을 한 번이라도 해본 사람이라면 당연히 겸손해지고 현실적이며 독단적이지 않은 세계상을 얻게 된다.
>
> 카트린 파시히, 알렉스 숄츠,《아무도 가르쳐주지 않는 여행의 기술》

아는 이도 없고 말도 잘 통하지 않는 낯선 곳에서 길을 잃다니! 길을 잃은 것은 내 실수가 아니었다. 내 실수가 아니었다 할지라도 길을 잃어서 생긴 불안과 혼란과 위험은 온전한 내 몫이다. 나는 심호흡을 하면서 마음을 가라앉혔다. 누구나 길을 잃는다. 그러니 길을 잃는다는 건 아무 문제도 아니다.

> 어떻게 하면 길을 잘 잃을까 하는 것이 문제다. 길을 한 번도 잃어보지 않은 사람은 살아 있는 것이 아니며, 길 잃기를 제어하지 못하는 사람은 불행에 빠진다. 알지 못하는 곳 그 어딘가에는 발견으로 가득한 삶이 놓여 있다.
>
> 리베카 솔닛, 《걷기의 역사》

인생도 여행과 마찬가지이다. 살다 보면 가끔은 엉뚱한 길로 들어서서 헤매기도 할 것이다. 그때야말로 자신이 몰랐던 '발견으로 가득한 삶'이 놓여 있는 낯선 곳과 만날 수 있는 좋은 기회이다. 길 잃은 것에 당황하지 말고 행운으로 여겨보라.

잃어버린 길 위에서 우리는
예기치 않게 새로운 길을 만날 것이다
길 잃기는 좋은 기회이다

많은 경우 사람들이 길을 잃는 것은 실수 때문이다. 모든 실수가 우연히 발생하는 것은 아니다. 어쩌면 그 실수 뒤에는 무의식의 전달자가 숨어 있을지도 모른다. 때때로 길을 잃는 것을 두려워 마라. 오히려 길을 잃은 뒤 자신이 처한 불확실성을 참아내는 법, 의심에서 만족을 만들어내는 법, 역경을 견디고 이겨내는 법을 배우는 게 중요하다. 혹시 잃어버린 길 위에서 예기치 않게 새로운 길을 만날지도 모른다. 그것은 길 잃기가 주는 선물이고 보상이다. 그럴 때 인생은 훨씬 더 생기차고 의미로 가득 차게 될 것이다.

> 우리는 지도 없이 낯선 곳에 서 있다. 이런 불확실성을 참아내는 것이 길 잃기의 핵심이다. '여기' 있는 것 그리고 '여기'라고 하는 이 장소에 대해 걱정하지 않는 것, 머릿속 지도에 대한 의심을 억지로 억누르지 말고 이 의심과 함께 사는 것, 아니면 한 걸음 더 나아가 의심에서 만족을 만들어내는 것이 중요하다.
>
> 카트린 파시히, 알렉스 숄츠, 앞의 책

처음부터 길이 거기에 있었던 것은 아니다. 짐승이 다니고 사람이 다닌 뒤에야 길이 생겨난다. 아무도 가지 않으면 길은 생기지 않는다. 반면에 움직이는 것들이 움직이는 한 길은 어디에든 계속 생겨난다. 어쨌든 혼란은 극복될 것이고, 우리가 원하는 길을 찾게 될 것이다.

낯선 공항에서 지나가는 사람을 붙잡고 물어 가까스로 고객서비스센터에 갔더니, 덴버 시내에 있는 호텔 숙박권과 이튿날 아침 일찍 출발하는 항공 티켓을 내주었다. 여러 사람에게 매달려 묻고 물어서 겨우 낯선 도시의 호텔에서 하룻밤을 묵고 이튿날 아침에야 올랜도행 비행기에 오를 수 있었다. 내게 핸드폰을 빌려준 교포 청년이 없었다면 올랜도 공항에서 무작정 기다렸을 딸아이에게 연락할 수도 없었을 것이고, 내 짧은 영어에 귀 기울여주고 응답해준 사람이 없었다면 나는 낯선 곳에서 하룻밤을 보내야만 했을 것이다.

길을 잃었기에 타자를 만났고, 타자의 친절이 있었기에 나는 곤경에서 벗어날 수 있었다. 우리는 그토록 많은 인연의 고리들로 연결된 존재들이다. 세상이라는 바다에서 만나 얽혀짐으로써 저마다의 운명을 창조한다. 동시대의 사람들은 동시대의 기억·상처·경험들을 공유하고 열린 마음으로 소통하며 산다. 그래서 사람은 늑대나 사자와는 다른 삶을 산다. 그 얽혀 있는 소통 속에서 우리가 잃어버릴 길은 계속해서 생겨날 것이다.

비우고
고요하라

■

《무미예찬》

《도덕경》

비움은 단순한 덜어냄이 아니다
내 것을 덜어내어
남에게 베푸는 것이다
비움은 그 자리에
다른 무엇을 채울 수 있는 희망이다

시골에 내려와 살면서 남들이 부지런한 것에는 한가롭고, 남들이 한가로운 것에는 부지런하고자 애썼다. 그중에 하나가 소박함에 따르며 비움을 실천하는 일이다. 채움에 부지런한 사람은 많아도 비움에 부지런한 사람을 찾기는 어렵다. 나는 비움에 부지런해지기로 마음먹었다. 한 십 년쯤 적게 먹고 많이 걸으니 피가 맑아지고 잔병들이 사라졌다.

물질의 양을 늘리고, 규모를 키우는 것이 제대로 사는 것인 양 사람들은 말한다. 욕심을 채움에는 끝이 없고, 물질의 규모를 키우는 일엔 다함이 없다. 이 불가능한 일에 자신을 묶어두는 것은 여러 가지 의미에서 고달프다. 채워서 흔해지면 그 귀함을 모르고, 마음은 교만해진다. 마음이 교만해지면 자연히 허물도 많아진다. 영양의 과섭취는 비만으로 이어지고, 비만은 만병을 낳는 씨앗이다. 많이 먹어 찌운 살은 무른 살이다. 무르니 질병에 취약하다. 그래서 비싼 돈을 들여 찌운 살을 도로 빼서 몸을 가볍게 하려는 것

아닌가! 비워서 좋은 것은 많다. 가진 것이 많지 않으니 귀하게 여기고, 소박하니 허물이 준다.

프랑수아 줄리앙은《무미예찬》에서 14세기 중국의 화가 예찬의 이야기를 통해 '비우고 사는 삶'의 지혜를 말한다.

> 14세기 중국은 몽골에 점령당했고, 권력의 가렴주구는 점점 더 심해져서 영지들에게는 갈수록 무거운 세금이 부과되었다. 그래서 이 화가는 골치 아픈 영지 관리에서 벗어나기 위해, 사는 방식을 바꾸기로 결심했다고 한다. 즉 그는 모든 재산을 버리고 생애 마지막 몇 십 년을 방랑하며 지내기로 한 것이다. 그리하여 그는 푸른 강長江 하류가 큰 호수太湖로 흘러들어가는 곳에서 일엽편주를 타고 떠돌며 가끔씩 이곳저곳 사찰에서 묵어가곤 했다. 일체의 사회적 지위를 버린 그는 그 난세에 물질적 부와 비례하여 가중되는 모든 부담에서 해방되어, 왕조가 몰락할 때마다 일어나는 정치적 동요들에서도 벗어날 수 있었다. 하지만 그렇다고 해서 그가 준엄한 고독 속에 살았던 것은 아니며, 세상과 완전히 절연하지도 않았다. 세상사의 짐을 벗어버리기는 했지만, 그렇다고 그런 것들을 부인하지도 않았다. 홀가분하게, 아무 데도 매인 데 없이, 그는 물결치는 대로 떠돌아 이 벗에게서 저 벗에게로 돌아다니며, 아무런 구속 없는 세상, 끝없는 즐거움에 말

겨진 세상에서 살았다.

프랑수아 줄리앙, 《무미예찬》

화가 예찬이 버리고 비운 삶은 무미한 삶이요, 초연한 삶이라고 할 수 있다. 그것은 난세를 사는 일종의 지혜였다. 비움으로써 그는 준엄한 고독과 더불어 진정한 자유를 얻었던 것이다. "텅 비고 고요하고 무심하고 무감각하며 무위無爲한 것, 무미하고 초연한 것이 현실의 기초를 이루며 모든 삶에 기조"(《무미예찬》)를 이룬 것, 그게 화가 예찬이 이상으로 삼았던 삶이다.

비움은 욕망을 덜어냄으로써 비로소 가능하다. 비움이란 채운 것을 덜어내는 것이기도 하지만, 채움을 그치는 것이기도 하다. 대개는 채우는 것에 부지런하고 비우는 일에는 나태를 부리는 게 사람이다. 능동적인 비움이란 제가 가진 것들을 덜어서 남과 나누는 일이다. 남과 나누면 행복해지지만, 채우기만 하면 필경 그 채움으로 인해 곤경에 빠지고 만다. 채움은 욕망에서 비롯되는데, 대개의 욕망은 오감의 만족과 관련이 있다.

백화점이나 쇼핑센터에서 분수에 맞는 물건들을 사는 행위는 무료함을 떨쳐내는 기분전환과 즐거움을 위해 필요하다. 문제는 분수에 넘치는 소비이다. 광고들은 우리의 소비 욕망을 끊임없이 자극하고 키운다. 특히 눈, 귀, 혀를 자극한다. 명품을 사들이는 것은 우리 욕망이 자극을 받았기 때문이다. 명품은 살아가는 데 꼭 필요한 것이 아니다. 그런데도 사람들은 굳이 그것을 사야만 행복해질 수 있다고 생각한다.

물론 처음 그것을 손에 쥐었을 때 즐거움이 없는 것은 아니지만 그 소유의 만족감은 그리 오래가지 않는다. 자기 벌이를 훨씬 넘는 비싼 명품을 카드 할부로 산 사람은 그 돈을 갚기 위해 뼈 빠지게 일해야 한다. 일본 속담에 "자신에게 필요하지 않은 것을 사는 사람은, 자신이 필요로 하는 것을 팔 수밖에 없다"라는 게 있다. 분수에 맞지 않는 명품을 사들인 사람은 그 대가를 치르기 위해 자기에게 꼭 필요한 자기 시간을 팔 수밖에 없다. 그런 어리석은 소비 행위는 일시적인 만족감을 줄지는 모르지만 지속적인 행복을 약속하지는 못한다.

> 다섯 가지 색깔은 사람의 눈을 멀게 하고, 다섯 가지 음은 사람의 귀를 멀게 하고, 다섯 가지 맛은 사람의 입맛을 해친다. 말 달려서 사냥하는 일은 사람을 미치게 하고, 얻기 어려운 재화는 사람의 행동을 망친다.
>
> 노자, 《도덕경》 12장

영롱한 색깔은 눈을 즐겁게 하고, 아름다운 소리는 귀를 즐겁게 하고, 진수성찬의 오묘한 맛은 혀를 즐겁게 한다. 색깔의 영롱함과 소리의 아름다움, 맛의 오묘함을 취하려는 마음에 만족이 있을까? 욕망은 만족할 줄을 모른다. 욕망이 뻗어가는 대로 두면 끝이 없다. 그게 탐욕이다. 탐욕은 마음의 고요함을 깨뜨리고, 근심을 키운다.

왜 탐욕을 그쳐야 하고 절제를 해야 하는지는 분명하다. 소비세계의 유혹에 저항하고, 상업광고들의 현혹에 넘어가지 않아야 한다. 우리가 많은 시간을 일하는 것은 그만큼 벌어서 써야 할 돈이 필요하기 때문이다. 많이 쓸수록 더 많은 돈을 벌어야 한다는 것은 단순한 진리다. 뿐만 아니라 더 많은 것들을 소유할수록 그것을 유지하는 데 더 많은 돈이 들어가고, 그 돈을 벌기 위해서 또다시 더 많은 시간을 일해야 한다. 악순환이다. 이 악순환의 회로 속으로 들어가면 거기서 빠져나오기는 어렵다.

소비는 마약이나 도박과 마찬가지로 중독성이 있다. 적당한 때에 그칠 수 없다면, 소비행위 뒤에 늘 한 점의 후회와 죄책감이 남는다면, 그것은 이미 소비행위에 중독되었다는 증거이다. 노자는 "그칠 줄 알기 때문에 위태롭지 않다"(《도덕경》 32장)고 했다. 욕망을 비우고 절제할 줄 안다면 더 적은 돈으로도 행복하게 살 수 있다. 적게 쓰면 적게 벌어도 된다. 적게 벌면 일하는 시간도 그만큼 짧아지니, 더 많은 시간을 한가롭게 즐기며 내면적인 자유를 누리고 자기를 돌보는 일에 쓸 수가 있다. 행복은 많이 벌고 적게 벌고의 차이에 따라 달라지지 않는다.

단지 욕망을 줄이라는 구호처럼
삶을 비우라는 것이 아니다
비워야 고요를 만나고
그 속에서 나를 만날 수 있기 때문이다

비움으로써 근심이 줄고, 삶은 소박해질 수 있다. 오랜 도시생활을 청산하고 시골로 내려온 뒤 줄곧 고요한 생활을 살고자 했다. 그러나 고요한 생활은 쉬이 얻어지지 않는다. 방해물이 많다. 고요한 생활을 위해서는 인간관계 따위가 단순해져야 한다. 밥 먹고 술 마시고 함께 놀자는 사람의 유혹이 많으면 단순하게 사는 게 어려워진다. 살아가는 데 필요한 것만 남기고 그 밖의 잉여의 것들은 기꺼이 놓을 줄 알아야 한다. 살아가는 데 정말 필요한 것들은 무엇인가? 자연, 시간, 공간, 여유, 건강, 환경 따위이다. 그 밖의 것들은 부수적인 것들이다.

혼자 일어나 밥 먹고 그릇들을 치우고 닦았다. 혼자 산책을 하며 명상을 했다. 혼자 책을 읽으며 글을 썼다. 혼자 사는 삶에 최소한도로 필요한 것들만 구하고 물건이 남아 쌓이지 않도록 했다. 많은 것들을 갖고 있으면 생활이 복잡해진다. 생활이 복잡해지면 단순하고 고요한 내면은 애당초 가망 없는 꿈이 되고 만다. 문명시대에 소수자만이 누리는 고요는 사치 품목이다. 누구나 함부로 누릴 수 있는 게 아니다.

> 완벽한 비움에 이르러, 고요함을 착실하게 지킨다.
>
> 노자, 《도덕경》 16장

비움과 고요함은 한 쌍이다. 비움에 이르러서 고요해지고, 고요해질 때 비로소 비울 수가 있는 까닭이다. 욕망은 마음을 요동치게 하는 것이니, 욕망이 마음에서 활개를 치는 한 고요할 수가 없다. 마음이 고요하지 못하면 편안할 수가 없다. 분에 넘치게 추구하는 것은 몸을 고되게 하고, 만족할 줄 모르는 것은 인생을 고단하게 만든다. 더 많이 비우고, 비움을 넘어 나누는 것은 고요해지기 위함이다. 고요는 삶을 평화롭게 할 뿐만 아니라 명예롭게 한다.

사색 속에
자신을 유배하라

■

《뇌, 생각의 출현》

《자연, 예술, 과학의 수학적 원형》

사색은 깊이 생각함이다
생각함은 상상과 추론으로 지혜와 통찰에
이르는 길이다
생각하지 않는 삶에는
미래가 깃들어 있지 않다

사람과 동물을 가로지르는 경계는 '생각함'이다. 사람은 생각을 하며 살고, 동물은 자기 성찰 없이 오로지 본능의 지시대로 산다. 사람의 생각함은 기억과 감각, 그리고 모든 운동을 관장하는 뇌에서 흘러나오는 생명의 율동이다. 사람이기 때문에 생각하고, 생각하기 때문에 사람이다. 생각함이란 사람이 사람이라는 강력한 징표이다.

모든 위대한 예술은 한결같이 깊이 생각함의 산물들이다. 레오나르도 다빈치의 그림들, 빈센트 반 고흐의 풍경화들, 예이츠의 위대한 시들, 베토벤의 교향곡들, 윤두서의 저 삼엄한 표정의 자화상이 그렇다. 그뿐인가? 에디슨의 발명품들, 뉴턴이 찾아낸 만유인력의 법칙, 아인슈타인의 상대성이론, 플라톤의 철학, 니체의 초인사상, 세종대왕의 한글 창제, 지구가 자전축을 중심으로 자전하면서 태양 주위를 공전한다고 주장을 펼쳐 근대과학의 길을 연 코페

르니쿠스의 지동설, 이론물리학자 존 슈바르츠와 마이클 그린이 발전시킨 초끈이론…… 따위도 깊이 생각함이라는 바탕에서 나왔다. 깊이 생각하는 사람들 덕분에 우주의 기원에 대한 신비가 풀리고, 우주 시공간은 11차원이 있어야 하며 이 세상의 모든 것이 끈으로 이루어져 있다는 사실도 밝혀졌다.

건강한 사람이라면 누구나 생각하며 산다. 사색은 깊이 생각함이다. 생각함은 상상과 추론으로 지혜와 통찰에 이르는 길이다. 상상과 추론은 "느낌에 의해 작동되는 의식의 수준이 되면 지금 입력된 문제와 대뇌피질의 여러 부위에 저장된 기억을 연결하여 미래를 예측하는"(《뇌, 생각의 출현》) 것이다. 느낌이란 마음의 작동, 즉 "비자동적인 확장된 항상성 시스템"(《뇌, 생각의 출현》)이 나타나는 것이다. 나를 둘러싼 불확실성을 견디고 미래의 안전을 강력하게 희구할 때 강력한 느낌의 세계가 출현한다. 천재란 뇌 속에 보다 많은 지식이 아니라 보다 큰 느낌의 세계를 갖고 있는 사람을 가리킨다.

> 뇌를 이해한다는 것은 / 하나의 풍경화를 그리는 것,
> 일생 동안 한순간도 / 우리를 떠나 있지 않은 느낌과 감정과 생각들 / 의식의 다층적이고 복잡 미묘함이 / 투명한 가을하늘처럼 / 스스로 환해질 수는 없을까.

감정과 운동을 살펴본다는 것은 / 선조들의 35억 년간 / 당혹과 좌절과 한숨을 헤아려보는 것.
생각의 구조와 작용을 이해한다는 것은 / 사회와 문화라는 틀 속에서 / 전체와 부분을 반복적으로 살펴보는 것.
언젠가는 / 흐릿한 윤곽들이 스스로 / 뚜렷한 색감과 전체의 울림으로 드러나는 풍경화가 될 때까지
뇌가 그리는 생각의 풍경화를 / 감상할 수 있을 때까지
생각을, 생각하기를 멈추지 말 것.

박문호, 《뇌, 생각의 출현》

누구나 깊이 생각함 속에 머물며 사는 것은 아니다. 뜻밖에도 사람은 생각하지 않고도 살 수 있다. 신체가 '자동적 항상성 시스템'에 따라 움직이기 때문이다. 우리 몸의 말단이라고 할 수 있는 세포 단위, 즉 미토콘드리아 수준에서 면역 반응, 무조건 반사, 대사 조절이 자동적으로 이루어진다. 생각하기를 잃어버린 치매 환자들이 살 수 있는 것도 바로 몸에 장착된 자동적 항상성 시스템의 덕분이다. 이것을 쉬운 말로 하자면 우리 안의 유전자가 지시하는 대로 사는 것을 말한다.

깊이 생각함 없이 사는 것은 자신이 살고 있는 나라의 문자를 모른 채 사는 것과 같다. 생각의 문맹자들은 의외로 많다. 정말 많은 사람들이 아무 생각 없이 즉물적인 삶을 산다. 그들은 먹고사는

것이나 돈 되는 것 밖에 있는 일들에 무관심하다. 모란과 작약은 왜 봄마다 꽃을 피우는 것인지, 파도는 왜 왔다가 돌아가는지, 달은 왜 커졌다가 다시 작아지는지, 지구의 자전축은 왜 항상 태양계의 공전 궤도면에 대해 23.5°의 각도를 유지하는지에 대해 무관심하고 냉담하다. 그들은 오로지 먹고 마시고 즐기는 것, 즉 주식, 부동산, 음식, 쾌락에 함몰되어 있다. 왜 그럴까. 미래가 중요하지 않기 때문이 아니라 미래를 보지 않으려고 하기 때문이다. 하루하루를 살아내는 일이 지나치게 버겁거나 영혼에 음악이 없을 때 우리는 미래를 회피한다.

우리는 사색 속에
자신을 누일 수 있어야 한다
사색은 삶의 수평을 맞추며
우리를 내적 평형으로 이끌고
우리 안에서 새로운 것이 태어나게 한다

17세기에 생명을 걸고 코페르니쿠스의 지동설을 지지한 갈릴레이는 이렇게 적었다.

철학은 이 웅장한 책—즉, 우주—에 쓰여진다. 이 책은 우리 시야 앞에 항상 펼쳐진 채 있지만, 그 언어를 이해하고 그 언어를 쓴 문자를 해석하는 법을 먼저 배우지 않으면 이해할 수 없다. 그것은 수학의 언어로 쓰여 있으며, 그 문자는 삼각형, 원 및 그 밖의 기하학적인 도형이다. 이것들이 없다면 인간의 힘으로는 단 한 단어도 이해할 수 없으며, 이것들이 없다면 우리는 캄캄한 미로 속에서 방황할 것이다.

마이클 슈나이더, 《자연, 예술, 과학의 수학적 원형》

철학은 깊이 생각함이 낳은 학문이다. 우주는 활짝 펼쳐진 한 권의 책이고, 철학자들은 그것을 읽는 사람들이다. 우리는 철학을 통해 더 높은 단계의 지식을 유추해서 알 수 있다. 예를 들자면 은하와 태풍과 앵무조개와 숫양의 뿔과 귓바퀴 등은 모두 황금나선형 형태를 갖고 있다. 이것은 자연이 계시하는 에너지의 순수한 운동을 보여주는 상징 문자이다. 앵무조개의 나선형은 "우주는 나선형으로 움직이고 변하며, 절대로 직선으로 움직이거나 변하지 않는다"는 앵무조개가 보내는 신호이고 문자들이다. 녹색 식물의 잎들도 나선형으로 배열된다. 레오나르도 다빈치는 그렇게 해야 잎들이 서로 겹칠 확률이 적어지고 햇빛과 대기에 최대한으로 노출될 수 있는 방식이라는 걸 알아냈다. "잎은 항상 전체 표면 위에 이슬을 잘 받을 수 있도록 그 위쪽 면을 하늘로 향한다. 그리고 잎들은 다른 잎들을 되도록 가장 적게 가리는 방식으로 배열된다."(《자연, 예술, 과학의 수학적 원형》) 일찍이 깊이 생각한 사람들은 이들 나선형을 보고 우주가 "내적인 조화와 우월성과 역동적인 균형의 토대"(《자연, 예술, 과학의 수학적 원형》)를 이루고 있음을 느끼고 깨달았다. 철학뿐 아니라 예술도 이렇듯 사색에서 탄생한다.

사색이란 마음·의식·생각의 작동이다. 시골은 사색하기에 좋은 장소이다. 사색의 기반은 고요함이기 때문이다. 마음이 들떠 있거나 시끄러우면 깊이 생각할 수 없다. 조선이 낳은 최고의 지식인 다산 정약용을 보자. 그는 한반도 서남단 지역에서 18년 동안이나 유배생활을 했다. 유배생활이 답답하고 괴롭기는 했겠지만, 다른 한편으로 그 오랜 세월 동안 당쟁에 휘말리거나 불필요한 에너지를 소모하지 않고 고요함에 머물며 오롯하게 사색할 수 있는 생활의 조건 속에 있었다. 다산이 대지식인으로 우뚝 설 수 있었던 것은 역설적으로 그를 권력의 중심과 피 말리는 당쟁에서 멀리 떨어뜨려 놓고 고적함에 이르게 한 유배생활 덕분이다. 그는 "방대한 데이터베이스와 고요한 내적 평형"(《뇌, 생각의 출현》) 속에서 많은 책을 읽고 사색하며 많은 느낌들을 향유했다. 그게 5백여 권의 저술이라는 엄청난 지적 생산의 바탕이 되었다.

열두 해 전 시골로 내려와서 2만 권이 넘는 책으로 이루어진 서재를 꾸리고, 고요함과 단순함을 좇는 방식으로 살았다. 자발적으로 선택한 낙오이고, 자연에의 담담한 고립이었으며, 고요한 유배였다. 그게 불행과 상처와 분노에 대처하는 나만의 방식이었다. 시골은 내 삶의 유배지였고, 시골에서 나는 고독했다. 어느 날에는 견딜 수가 없어서 벽에 머리를 쿵쿵 찧으며 통곡을 하기도 했다. 하지만 스스로 처한 고독의 형벌은 역설적으로 삶을 고요한 내적 평형으로 이끌었고 영묘한 축복이 되어 돌아왔다. 가장 가난한 시절은 인생 최고의 호시절이 되었다. 나는 끝도 없이 책들을 읽고, 날마다 오솔길을 걸으며 깊이 생각함에 빠져들고, 서른 권의 책들을 쓸 수 있었다. 나는 감히 말할 수 있다. 그 모든 것은 사색의 힘에서 비롯되었다고! 깊이 생각함은 무한의 눈으로 유한한 삶을 바라보는 축복이다. 이 가을엔 그대들도 그 축복을 넘치게 누리길 빈다.

순간의 페이지를 펼쳐라

■

《책과 집》

《고요함의 지혜》

《빅 퀘스천》

책은 우리의 삶을
무수한 방식으로 풍요롭게 한다
우리는 가만히 앉아서도 책을 통해
이쪽에서 저쪽으로,
여기가 아닌 다른 곳으로 갈 수 있다

종일 책상 앞에서 보내는 터라 책상, 의자, 문방구류에 대한 갈망이 크다. 누군가 인도네시아산 원목으로 만든 엔틱 책상을 갖고 있는 것을 보았다. 그런 책상을 하나 가졌으면! 길이 잘 든 만년필, 가죽 필통, 빈 노트들, 항상 많은 책들, 책을 넣고 다닐 가죽가방들…… 그 무엇보다도 원목 책상이 놓일 넓고 빈 정결한 공간…… 서재, 그것은 평생 꿈이고 갈망이었다. 운 좋게 20대 후반에 창업한 출판사가 큰 성공을 거두고, 그 덕분에 30대 초반에 큰 집을 마련하여 한 공간을 서재로 꾸몄다. 수천 권의 책이 꽂힌 서재는 온전히 나만의 공간이었다.

책에 대한 욕심이 사라지지 않으니 책은 끝없이 늘어간다. "나는 돈이 생기면 우선 책을 산다. 그러고도 남으면 음식과 옷을 산다"(《책과 집》)라고 르네상스 시대의 인본주의자 에라스무스는 말한다. 무수하게 많은 책들을 사들인다. 어젯밤에는 인터넷 헌책방을 검색하다가 마종기 시집 《조용한 개선》(1960년 출간)을 발견하고 2만 3천 원에 구매했다.《조용한 개선》은 마종기 시인이 연세대 의대 재학시절에 한 동네에 살던 장욱진 화백의 삽화를 받아 만든 시집이다. 초판본이 아니어서 섭섭하긴 했지만, 스무 살 무렵 애독하던 시인의 첫 시집을 구했으니 그것만으로도 즐거운 일이었다.

"책은 여전히 우리의 삶을 무수한 방식으로 풍요롭게 한다. 안락의자에 편히 앉은 채 세상을 거닐고, 자신의 역량을 키우고, 과거로 날아갈 수도 있다. 독서란 자아 발견과 세계 탐험을 위한 나침반과도 같다"(《책과 집》)라고 말한 사람은 애서가이자 작가인 알베르토 망구엘이다. 내 생각도 그와 같다.

결국 처음엔 꽤나 넓은 공간이었던 서재도 늘어나는 책들을 감당할 수가 없게 된다. 서가에 미처 꽂히지 못한 책들은 바닥에 쌓인다. 내 서재는 책들로 넘쳐나고 몸을 움직이기조차 쉽지 않다. 발을 잘못 떼면 쌓아놓은 책들이 우르르 무너진다. 책들이 감쪽같이 사라지는 경우도 종종 있다. 실은 어느 틈에 처박힌 책을 찾지 못하는 것이다. 오늘도 실비아 플라스 시집을 찾다가 포기하고 밖으로 나왔다.

> 지금 이 순간에 전념하는 것은 삶에 필요한 것을 부정하는 것이 아니다. 다만 가장 중요한 것이 무엇인지를 인정하는 것이다. 그런 다음에 이차적으로 중요한 것들을 대하면 훨씬 여유가 생긴다. '존재하는 것은 오직 지금밖에 없으므로 나는 이제부터 해야

할 일을 하지 않을 거야'라고 말하는 것이 아니다. 다만 가장 중요한 것에 우선순위를 두고 지금 이 순간을 적이 아닌 친구로 만들라는 뜻이다. 지금에 감사하고 지금에 경의를 표하라. 지금이 삶의 근본이 되고 중요한 구심점이 될 때 삶은 여유롭게 풀리기 시작한다.

에크하르트 톨레, 《고요함의 지혜》

내 일상은 밥 먹고 책 읽고 글 쓰는 것으로 이루어진다. 책을 읽거나 글을 쓰다가 간간이 밖에 나와 물도 들여다보고 풀도 뽑고 꽃도 본다. 삶은 지금 이 순간에 일어나는 사건이다. 그러니 오늘을 붙잡아라.

인생은 짧다. 희망을 크게 가지지 말라.
우리가 이야기하고 있는 순간에도 시샘하는 시간은 지나가나니.
오늘을 붙잡아라. 내일은 최소한만 믿으라.

호라티우스, 〈송가〉

카르페 디엠carpe diem, 오늘을 붙잡아라. 지금 이 순간을 중요하게 여기고, 온전하게 향유하라는 뜻이다. 이 말에 숨은 핵심적 진실은 무엇인가? 그것은 "경험과 순간이 최고의 가치이며 소중하게 여겨야 한다는 관념"(《빅 퀘스천》)이다.

니코스 카잔차키스의 《그리스인 조르바》를 손에 들고 읽고 있는 이 순간, 밥을 먹고 있는 이 순간, 모란 작약 앞에서 꽃을 물끄러미 바라보며 누군가를 생각하는 이 순간, 당신과 맑은 차를 마시며 보내는 오후의 이 순간, 비가 내리는 풍경에 무심한 눈길을 주고 있는 이 순간, 그 순간들이 바로 삶이라는 꽃이 피어 있는 순간이다. '나'란 존재는 바로 이 순간의 순수의식 그 자체이다. 이 순간밖에 삶은 없다. 산다는 것은 바로 이 순간에 온전히 집중해야 하는 일이다.

책은 순간을 아름답게 한다
일상을 순간으로 쪼개어 책을 수유하면
순간의 페이지가 만들어진다
어느 날 한꺼번에 늙어버리기 전에
매 순간 순간의 페이지를 펼쳐라

지금 붉은 병꽃이 한창이고 뜰에는 모란과 작약의 꽃도 만개했다. 뜰에 핀 갖가지 꽃들, 그 꽃들 위에서 잉잉대는 벌들. 꽃과 벌들을 바라보는 지금 이 순간, 나는 영원의 흐름 속에 있는 시간의 일부이다. 아침을 먹고 난 뒤 산책을 하고, 오후에는 시립도서관에서

대출해온 책들을 반납하러 간다. 밥을 먹고, 책을 읽고, 글을 쓰고, 더러는 누군가를 만나고, 더러는 어딘가로 움직인다. 그게 바로 나이다. 나는 나의 생각함이 아니다. 생각함이란 존재에 대한 머뭇거림에 지나지 않는다. 나는 배고픔 앞에서 헐떡거리고 목마름 앞에서 물을 갈망하며 서 있는 나일 뿐이다. 순수의식 그 자체로 대면하고 있는 지금 이 '순간'이 바로 나이다. 책은 이 순간과 순간의 나를 아름답게 한다. 순간마다 책을 수유함으로써 한 페이지, 한 페이지, 삶이 쓰여진다. 휘리릭 넘기며 사는 삶보다는 순간의 페이지를 음미하는 삶이고 싶다.

봄날의 나른한 햇빛 아래서 견공 '하루'는 느긋하게 낮잠을 즐긴다. 하루의 털을 쓰다듬다가 몸통에 진드기가 잔뜩 달라붙어 있는 것을 발견한다. 진드기들은 개의 털 속으로 파고들어 살갗에 흡착관을 박아놓고 피를 빤다. 귓속에도 진드기들이 작은 포도송이처럼 달려 있다. 진드기들은 피를 빨아먹고 구슬처럼 동그래지면 몸통에서 떨어진다. 그 구슬을 터뜨리면 온통 붉은 피가 주변에 번진다. 내일은 진드기 퇴치기를 사다 목에 걸어주어야겠다. 하루의 몸통에 달라붙은 흡혈 진드기들을 떼어내 터뜨리며 순수 직관으로 지금 이 순간과 만난다.

벚꽃이 피고, 모란과 작약이 만개한 이 봄날, 나는 내가 살아온

과거도 아니고 앞으로 살아가야 할 미래도 아니다. 나는 바로 이 순간에 있으며, 내 자신 속으로 깊이 빠져든 존재이다. 나는 나 아닌 것의 모든 것이며, 지금 이 순간은 지금 이 순간 아닌 것의 모든 것이다. 나는 나로서 살 수 있는 솔직성 그 자체, 즉 지금 이 순간 이루어지는 존재의 운동 그 자체이다. 이 우주에서 먹고 자고 욕망함으로써 유일한 가능성으로 출현할 수 있는 나! 나는 삶을 소유할 수 없다. 삶 그 자체가 바로 나이고 나일 것이기 때문이다.

제3장

이전과는 다른 생이 기다린다

책을 덮고서 자리에 누우니 오롯이 한 평, 고독하고도 행복하다.
제 아무리 욕심껏 산들 돌아갈 때는 넓어도 한 평이라 했던가.
이 한 평에서 매일 꾸는 꿈. 그것이 있어 매일을 다르게 살 수 있고
다른 내일을 상상할 수 있다. 마음 꾹 다지고 잠들어 한 번 뒤척이면,
내일 아침, 또 다른 생이 기다리리.

슬기롭게
게을러져라

■

《세상의 모든 우아함에 대하여》
《게으름의 즐거움》

게으름은
마땅히 해야 할 일에 대한
고의적인 방기여서는 안 된다
슬기로운 게으름 속에서는
일과 수고의 가치가 발현된다

일손을 놓고 노는 사람들을 우리는 게으른 사람이라고 판단한다. 오랫동안 게으름과 게으른 사람에 대한 사회적 평판은 그다지 좋지 않았다. 특히 청교도들은 게으름을 죄악시하고 단죄했다. 16세기 신교도 존 노스브룩도 그런 사람 중의 하나였다. 그는 게으름을 "매춘과 절도, 살인, 결혼 깨기나 위증, 우상숭배, 반역 등과 헛된 놀이, 추잡한 취미나 술 취하기와 같은 수많은 악행의 샘이자 원천"이라고 비난했다(《세상의 모든 우아함에 대하여》).

게으름은 마땅히 해야만 할 일들에 대한 고의적인 방기와 연관된다. 사회가 게으른 사람을 기피하고 싫어하는 이유는 분명하다. 그의 게으름으로 인해 누군가 손해를 입거나 누군가 해야 할 일들이 늘어나는 까닭이다. 만약 한 사회가 게으른 사람들로만 이루어진다면 그 사회는 기능을 잃고 와해될 게 분명하다. 거리에 쓰레기가 쌓이고, 전기가 끊기고, 우편물은 배달되지 않고, 식료품을 조달하는 데에도 애를 먹을 것이고, 버스·철도·항공기들의 운항은 중단될 것이다. 그게 다 게으름 때문에 빚어질 수도 있는 끔찍한 일이다.

삶의 가치가 우리가 한 일의 성과와 의미에서 결정된다면, 일하지 않는 것은 아무 의미도 보람도 만들지 않는 무용함에 해당할 것이다. 노는 것은 인류 사회에서 몰아내야 할 악덕이다. 그런데, 정말 게으름이 나쁘기만 한 것일까? 나는 이런 생각들이 공리주의적 가치관을 가진 사람들이 퍼뜨린 게으름에 대한 일종의 편견이라고 여긴다. 게으름을 경멸하는 공리주의자들은 우리 삶이 일과 쉼의 조화 속에서 만들어진다는 사실을 쉽게 간과한다. 일과 수고가 가장 가치를 발현하는 것은 쉴 때, 즉 게으름 속에서 그 일과 수고의 달콤한 과실을 맛볼 때이다.

> 게으름은 인간 존재를 구성하는 요소 가운데 하나가 될 것이다. 이제 게으름은 그저 게으름뱅이들의, 아무 생산활동을 하지 않는 사람들의 속성이 아니다. 지점 폐쇄나 정리 해고로 말미암아 일자리를 잃고 거리로 내몰리는 대신에, 우리는 마음의 평화를 되찾기 위하여 게을러지려고 애쓰게 될 것이다.
>
> 피에르 쌍소 외, 《게으름의 즐거움》

게으름에도 분명 창의적이고 생산적인 부분이 있다. 게으름은 일손을 놓고 자기 자신에게로 돌아가는 시간이다. 게으름은 자기를 비우고 자기를 무無 속에 방임하는 시간이다. 그 시간에 마음의 평화를 되찾고, 몸과 마음의 잃어버린 균형을 회복할 수 있다. 우리가 타고난 바 자유를 누리고 그 속에서 삶의 의미를 천천히 되새겨보는 느림 속의 자기방기가 바로 게으름이다. 그렇다면 게으름이야말로 우리가 누려야 할 삶의 한 부분이다. 게으름이 "슬기로움이나 너그러움의 한 형태"라는 것은 놀라운 철학적 발견이다.

> 말하자면, 게으르다는 것은 있는 그대로 내버려둔다는 것이다. 그것은 슬기로움이나 너그러움의 한 형태다. 물러났다가 세상으로 다시 돌아와야 한다. 이러한 삶의 방식은 한가로이 거닐기, 남의 말 들어주기, 꿈꾸기, 글쓰기 따위처럼 사람들이 별로 소중하게 여기지 않는 버려진 순간에 깃들어 있다.
>
> 피에르 쌍소 외, 《게으름의 즐거움》

게으름의 달콤함을 도무지 누릴 줄 모르는 사람들에 대한 비판도 있다. 우리에게 게으름 피울 권리가 있다고 주장했던 인물이 바로 로버트 루이스 스티븐슨이다. 그는 항상 분주하게 사는 사람을 가리켜 "어떤 습관적인 일을 할 때를 제외하고 삶을 거의 의식하지 못하는, 일종의 살아 있지만 죽은 것과 다름없는, 낡아빠진 생각을 가진 사람들"(《세상의 모든 우아함에 대하여》)이라고 비난한다.

우리는 일손을 놓고 놀이, 사교적 만남, 음주와 가무, 낮잠에서 얻는 기쁨을 누릴 수 있다. 게으름의 달콤함에 빠져보라. 가끔은 자기 자신을 노동의 속박에서 풀어주고, 느긋하게 휴식과 창조의 시간 속에서 서성거려보라. 여러 관습과 책임과 의무들의 속박에 옥죄어 있던 마음이 평화로워진다. 그리고 삶은 총체적으로 훨씬 더 여유로워지고 풍요해질 것이다. 그게 게으름이 우리에게 주는 선물이다. 열심히 일하라. 그리고 한껏 게으름을 누려라. 게으름은 그것을 누릴 수 있는 자의 능력이다.

덜 쓰고
덜 일하라

■

《소박한 삶》

쓰기 위해 일하고
일하다 보니 쓰지 못하는
악순환에서 벗어나라
일하지 않는 시간에 우리가 할 수 있는 것들의
가치를 발견하라

한 남자가 2006년 9월 17일 런던 어느 광장에서 자기가 쓰던 유명 브랜드 제품들을 산더미처럼 쌓아놓고 불태우는 이벤트를 벌인다. 그동안 명품 브랜드에 현혹되어 브랜드 중독자로 살아온 것에 부끄러워하고 분노하며, 그 분노를 브랜드 화형식이라는 과격한 방식으로 표현한 것이다. 그는 그 뒤로 일체의 브랜드 제품을 버리고 시장과 자선단체 등에서 운영하는 상점들에서 값싼 옷과 신발들을 사서 쓰며 소박한 삶을 살아간다. 그는 남이 만들어 자기에게 주입한 생각과 욕망이 아니라 제 생각과 의지에 따라 살아가겠다는 굳은 결심으로 브랜드 화형식을 치렀다.

그는 자발적으로 불편한 삶을 받아들인 사람이다. 더 많이 일하고, 수고와 피로를 잊기 위해 더 많이 소비하고, 더 많이 소비하기 위해 또다시 더 많이 일해야 하는 이런 악순환의 조건을 마르쿠제는 "불행의 도취"라고 부르는데, 이 불행의 도취에서 벗어나고자 결단을 내린 것이다. 그는 전보다 덜 쓰고 덜 일하는 삶에 만족한다. 화려하고 사치스런 소비생활을 위해 일에 미친 듯 빠져 있는 대신 가족이나 친구들과 더 많은 시간들을 보내고, 산책을 하고, 그동안 찾지 못했던 미술관과 박물관에 더 많이 간다고 한다.

광고들은 우리에게 이것을 사라, 저것을 사라, 이렇게 살아라, 저렇게 살아라, 이것을 입으면 너는 더 멋진 사람이 될 것이다, 이것을 쓰면 전보다 더 행복해질 것이다, 라고 속삭인다. 광고들은 행복과 자유, 더 멋진 인생을 주겠다고 약속하지만 그 약속들은 이행되지 않는다. 그럼에도 우리는 광고에 설득당해서 제품의 실질적 쓰임이나 불가피한 필요 때문이 아니라 잉여의 욕망과 정서적 만족감을 위해 그것을 구매한다. 심리학에서는 허기·갈증·성욕 같은 타고난 1차적 욕구와는 다른 잉여의 욕망들, 즉 후천적으로 습득된 2차적 욕구라고 부른다. 두 욕구 사이에는 만족감의 차이가 뚜렷하다.

> 2차적 욕구의 충족은 1차적 욕구의 충족만큼은 만족감을 주지 못한다. 쇼핑 중독증(2차적 욕구 충족을 위한 수단)에 걸린 사람들을 보면 그런 사실을 알 수 있다. 사고와 감정, 그리고 행동이 오로지 소비욕구에 의해서 지배를 받는다면, 그것은 매우 협소해진 삶이다. 더 이상 선물 같은 것에 기뻐하지 못하는 성인은 그런 삶을 살고 있는 것이리라.

레기네 슈나이더, 《소박한 삶》

수많은 종류의 옷들 중에서 특정 브랜드의 제품을 더 많은 돈을 주고 사는 까닭은 브랜드가 "사회적 정체성을 알리는 표식이자 개인적인 만족의 수단"이 되었기 때문이다. 비싼 명품을 사고, 그러기 위해 일에 더 매달린다. 더 비싼 것들을 사려면 더 많이 일해야 한다. 그렇지 않으면 불량채무자가 되거나 파산할 것이기 때문이다. 우리는 미친 사람처럼 일하고, 그렇게 번 돈을 명품을 사는 데 다 써버린다. 그러나 손에 잡힐 것처럼 보이던 행복과 자유는 점점 더 멀어져간다. 불만족과 욕망의 좌절은 깊어가고, 광고는 그 불행감을 없애기 위해 다시 멋진 물건을 사라고 유혹한다. 그렇게 우리는 "소비를 위해 노동을 하고, 노동의 고통을 완화시키기 위해 소비해야 하는 끝없는 악순환"에 빠져든다. 분명한 것은 제품을 소비하거나 소유하는 것으로 얻는 만족감과 행복은 짧고, 순간적인 것이라는 사실이다.

더 근원적인 행복은 소박한 삶, 덜 쓰고 덜 버는 느림과 비움의 삶에 있다. 브랜드 화형식을 치른 널 부어맨의 책을 읽으며 나는 이 세상의 모든 오솔길, 산길, 들길을 더 많이 찾아 걷겠다고 결심한다. 더 많이 걸어서 종아리의 근육을 탄탄하게 하고 더 건강한 발과 심장을 갖겠다. 탁발승처럼 맨발로 걸으며 땅의 차가운 기운을 온몸으로 느껴보리라. 사람들이 놀라지만 않는다면 몸에 걸친 옷을 다 벗고 걸어가리라. 벌거벗은 내 몸 위로 햇빛을 퍼붓고, 숲속을 돌아 나온 바람에는 풍욕을 하리라.

> 결국 중요한 것은 성숙해지는 것이다. 소비행위와 행동에 대해 스스로 책임을 져야만 한다. 성숙한 소비활동은, 필요한 것과 필요하지 않은 것을 선별해내고 의식적으로 결정을 내리는 것이다. 광고에 이끌리지 않는 것, 소비세계의 유혹에 맞서는 것이다. 광고가 떠들어대는 거짓약속에 넘어가지 않는 것이다.
>
> 돈을 어른스럽게 쓰는 법을 터득한 사람은 적은 돈을 가지고도 행복해질 수 있다. 이것과 저것, 그러고도 또 다른 것을 가져야만 비로소 행복해질 수 있다고 생각하는 사람은 행복을 물질적인 부와 맞바꾼 셈이다. 물질적인 부를 얻었으나 무엇을 해야 할지조차 모르는 사람들을 보면 알 수 있듯이, 돈만으로는 결코 행복해지지 않는다.
>
> 레기네 슈나이더, 《소박한 삶》

소비주의, 탐욕, 불신, 냉소주의에서 벗어나 더 자유로운 존재로 살아가리라. 온몸으로 자유이니 더는 아무것도 나를 억지로 하기 싫은 일에 매이게 못하리라. 자유와 여유의 시간들을 오로지 나만을 위해 쓰리라. 정원 가꾸기, 흙집 짓기, 텃밭에 감자나 고구마 심기, 멀리 사는 벗들을 불러 포도주 마시기, 종일 바흐의 무반주 첼로 조곡이나 차이코프스키의 피아노 협주곡을 틀어놓고 거기에 빠져 지내기, 새벽마다 지리산 세작을 우려낸 맑은 차 마시기, 한낮의 참나무숲에서 명상하기 등을 이루리라. 잠들기 전에는 정금

正金같이 빛나는 생각들을 노트에 가득 연필로 옮겨 적어 십 년 쯤 뒤에 책 한 권을 내리라. 생명으로 가득 찬 이 지구별에서 산다는 것은 나날이 기적이다. 새벽마다 수천의 새들이 숲속에서 지저귀고, 해가 떠오른다. 봄마다 모란꽃은 붉게 피고, 청명해진 가을 하늘 위로는 매가 높이 날아오른다. 나는 기적들을 온몸으로 충분히 누리며 살아가리라.

삶에 취하라,
흠뻑!

■

《생물과 무생물 사이》

《동적 평형》

마흔 즈음이 되면 술의 맛은
인생의 굴곡만큼의 밀도를 갖는다
치인 만큼 입에 착 감기고,
아픈 만큼 마음에 슥 풀어지는 것
이제 마흔은 인생에도 취할 수 있다

영산홍이 만발했나 싶더니 가지에 푸른 잎만 무성하다. 엊그제 봄비를 맞으며 "올빼미여, 얼굴 좀 펴게나. 이건 봄비가 아닌가"(이싸)라는 하이쿠를 흥얼거렸는데, 벌써 봄날은 다 갔다. 영산홍에 이어 폈던 모란과 작약의 꽃잎이 뚝뚝 지고 있다. 다시 모란과 작약의 꽃을 보려면 한 해를 꼬박 기다려야 한다. 남도 시인 영랑은 모란이 지고 나면 모란 없는 날들을 하냥 섭섭해 울며 삼백예순 날을 모란이 피기를 기다린다고 적었다.

마침 오늘은 내가 아는 누군가의 생일이다. 혼자 사는 그를 위하여 누가 멸치 한 줌이라도 넣어 미역국을 끓였을까. 그를 위하여 누가 들꽃 한 송이라도 꺾어 신발 위에 올려놓았을까. 그를 생각하니 마음이 애잔하다. 그렇다고 내 마음 어디 깊은 곳에 흐르는 음악이 멈춘 것은 아니다. 그를 떠올리며 달 아래서 붉은 포도주 한 병을 마셨다. 남은 봄꽃들의 향기는 달콤하고, 달은 높이 떠서 달빛 질펀하게 흘러내리니, 어찌 술 생각이 없겠는가. 붉은 포도주를 마시고 늦은 봄밤의 정취에 젖어서 이백의 시를 읽었다.

> 꽃밭 가운데 술 항아리 / 함께할 사람 없어 혼자 마신다 / 술잔 들어 밝은 달 모셔오니 / 그림자까지 셋이 되었구나 / 그러나 달은 술 마실 줄 모르고 / 그림자 또한 그저 내 몸 따라 움직일 뿐 / 그런대로 달과 그림자 짝하여서라도 / 이 봄 가기 전에 즐겨나 보세 / 내가 노래하면 달 서성이고 / 내가 춤추면 그림자 어지러이 움직인다 / 깨어 있을 때에는 함께 즐기지만 / 취하고 나면 또 제각기 흩어져가겠지 / 아무렴 우리끼리의 이 우정 길이 맺어 / 이다음엔 은하수 저쪽에서 다시 만나세
>
> 〈달 아래서 홀로 마시는 술〉

술은 천고千古의 시름을 씻는 명약이고, 기분을 화창하게 만드는 마법의 액체이다. 혼자 술을 마셔도 여럿이 마신 듯 취흥이 돋는다. 벗이 있으면 권커니 자커니 하련만, 옆에 아무도 없다. 그게 무슨 대수이랴. 사람이 없으니 달과 달 아래 제 그림자를 벗 삼아 마신다. 꽃은 피어 아름답고 술은 마셔서 흥겹다.

혼자 마신다고 취흥이 덜하지는 않다. 그 취흥에 부응하여 달 아래에서 혼자 노래하고 춤춘다. 노래하니 달은 하늘에서 서성이고, 춤추니 그림자가 덩달아 일렁인다. 달도 취하고, 그림자도 취하고, 술 마시는 자도 취하니, 취흥 속에서는 달과 그림자와 술 마

시는 자가 평등하다. 이 평등함이 봄밤의 정취 속에서 쌓는 두터운 우정의 토대이리! "아무렴 우리끼리의 이 우정 길이 맺어 / 이다음엔 은하수 저쪽에서 다시 만나세." 봄밤은 이슥해도 취흥은 줄지 않는다.

흰 달은 높고 산속 고요는 깊을 때, 이백은 술을 백 병 마셔도 크게 취하지 않을 터라고 노래한다. 취하지 않으면 어떻고 또 취하면 어떠리! "고요한 산에 / 취해 누우면 // 천지가 곧 / 나의 금침衾枕인 것을!" 취흥에 젖으면 이런 절구가 절로 나온다. 〈대작對酌〉에서는 "둘이서 마시노라니 / 산에는 꽃이 벌고 // 한 잔 한 잔 기울이면 / 끝없는 한 잔 // 취했으니 자려네 / 자넨 갔다가 // 내일 아침 맘 내키면 / 거문고 안고 오게나"라고 노래한다. 산에는 꽃 피고, 한 잔 한 잔, 주고받는 술잔은 밤새 이어진다. 취했으니 비틀비틀 일어나 잠자리를 찾아든다. 벗에게는 날 밝은 뒤에 거문고 안고 다시 오라고 이른다. 마시고 싶어 마시고 자고 싶어 잔다. 그 어디에도 마음이 부자연스런 인위에 붙잡혀 주눅 들린 바가 없다.

흐름, 생명이란 애초에
그런 것이다
우리는 그침이 없는 흐름 속에서
변화하는 존재이다

흐름, 생명이란 애초에 그런 것이다. 생명이란 흐름 자체이다. 우리는 그침이 없는 흐름 속에서 변화하는 존재이다. "생체를 구성하고 있는 분자는 모두 빠른 속도로 분해되며 음식의 형태로 섭취된 분자로 대체된다. 신체의 모든 조직과 세포의 내부는 이런 식으로 항상 변화하며 새로워지고 있다."(《동적 평형》)

> 해변에 서 있는 모래성은 그곳에 실체로서 존재하는 것이 아니라, 흐름이 만들어낸 효과로서 그곳에 있는 동적인 무언가이다. 나는 앞에서 이렇게 말했다. 그 무언가란 평형이다. 자기 복제를 하는 존재로 정의된 생명은, 쇤하이머의 발견에 다시 한 번 빛을 비춤으로써 다음과 같이 재정의될 수 있다. 생명이란 동적 평형 상태에 있는 흐름이다.
>
> 후쿠오카 신이치, 《생물과 무생물 사이》

우리 몸을 이루는 분자적 구성은 우리 몸 안에 들어온 음식이 분자 형태로 분해되어 흡수됨으로써 끊임없이 변화한다. 몇 달 전의 나와 지금의 나는 다른 분자적 구성을 갖고 있다는 점에서 다른 사람이다. "우리의 몸 자체도 '끊임없이 통과하고 있는' 분자가 일시적으로 형태를 만들어낸 것"(《동적 평형》)에 지나지 않는다. 생명이 분자 단위에서 순환하는 영속적 시스템이라는 사실을 처음으로 발견한 사람은 루돌프 쇤하이머이다.

> 이는 정말 비유가 아니라, 생명은 흘러가는 강물 같은 흐름 가운데 있으며 우리가 계속 먹어야만 하는 이유는 그 흐름을 멈추지 않도록 하기 위해서다. 그리고 더욱 중요한 것은 분자의 흐름이, 흐르는 가운데서도 전체적으로 질서를 유지하기 위해 서로 관계성을 유지하고 있다는 것이었다.
>
> 후쿠오카 신이치, 《동적 평형》

생명은 분자의 흐름이다. 그 흐름이 늘 순탄한 것만은 아니다. 이백은 재주가 뛰어나서 임금의 사랑을 한몸에 받았고, 세상에 이름을 떨쳤지만 만년은 불운했다. 역군逆軍으로 몰리고 체포를 면치 못했다. 인생의 허무함을 알았으나 명랑함을 잃지 않았다. 세상에 이름을 떨치는 일은 허망하다. 머리카락을 한 올 남김없이 다 밀었는데, 빗이 무슨 소용이 있겠는가. 이백은 이름이며, 세상의 명리 따위를 죄다 내려놓고 술의 황홀경 속에 파묻혔다. 취할 수 있는 인생을 살아간다는 것은 얼마나 놀랍고 황홀한 기적인가. 살아 있는 날들의 한 순간 한 순간은 정금正金같이 귀한 시간들로 수놓아진다. 봄밤은 그 정금의 시간들을 만끽하기엔 짧아서 아쉽다. 가는 봄은 잡을 수 없고 오는 여름을 막을 수도 없다. 반딧불이 몇 마리가 어둔 풀숲에서 반짝이는 것을 보았다. 반딧불이의 출현은 곧 여름이 오리라는 신호이다. 해마다 거르지 않고 찾아와서 여름이 온다는 기별을 하는 반딧불이여, 기특하고 고맙구나!

고통스럽게
질문을 던져라

《예언자》

질문하지 않고 사는 사람들이 많다
질문에 돌아올 진실의 답이 두려워서이다
질문하지 않는 삶은 거짓과 같다
그것은 단순히 수동적인 것이 아니라
능동적인 위선이다

언제《예언자》를 읽었는지, 기억이 희미하다. 아마도 스무 살 무렵, 세상은 어지럽고 자아는 혼돈 속에 파묻혀 있었을 때, 우연히 손에 쥔 저 레바논의 낯선 시인이 쓴 번역시집이 홀연히 어둠 속에 떨고 있는 마음에 한 줄기 빛을 뿌려주었다. 사람이 닿을 수 있는 최고의 선의, 그리고 신성함에서 이 빛은 뻗쳐오는 것이었다. 이 빛으로 만물의 끝을 붙잡고 세계의 가장자리로 한없이 밀려나가던 어두운 영혼은 밝아졌고, 메마른 가슴은 풍요로워졌다.

《예언자》를 앉은 자리에서 다 읽고 일어났을 때, 내가 어딘가 달라졌음을 깨달았다. 삶과 우주에 대한 칼릴 지브란의 영적인 통찰은 번개와 같이 내 몸을 꿰뚫고 지나갔다. 세상의 야전野戰을 겪기도 전에 먼저 기가 꺾이고, 벌써 허무주의자의 외투를 뒤집어쓰고 세상의 그늘들을 밟으며 떠도는 헐벗고 음침한 내 영혼에도 한 줄기 새벽의 빛이 비쳐들었다.

그러나 사냥꾼이란 또 동시에 사냥당하는 자,
그리하여 내 활이 당긴 무수한 화살들은 기어이 내 가슴을 찾아 왔구나.
또 날아가는 자는 동시에 기어가는 자,
그리하여 내 날개가 태양 속에 펼쳐졌을 때 땅 위에 비친 그 그림자는 거북의 모습이었다.

《예언자》, 〈고별에 대하여〉

니체의 《차라투스트라는 이렇게 말했다》와 닮은 '예언자'의 어조가 마음으로 고요하게 스며들자, 크게 위안을 받고 고무되었다. 두려움에 떨던 피들이 고요해졌다. "우리 방랑자들은, 항상 보다 외로운 길을 찾아가는 우리들은, 하루를 끝냈던 그 자리에서 다음 날을 시작하진 않는 것을. 그러므로 어떤 새벽도 황혼이 우리를 이별했던 그곳에서 우리를 찾아내지는 못함을."(〈고별에 대하여〉) 새벽과 황혼을 한자리에서 맞지 못한다는 사실에 대해 부끄러워할 필요가 없었다. 가난이 일으킨 수치와 나약함에서 비롯된 번민에 대해서도.

세상에 대한 조급함과 고통에 대해서도 마찬가지이다. 고통이 온다면 구태여 피하지 않겠다. 왜냐하면 "고통이란 그대들 오성惡性의 껍질이 깨어지는 것"이기 때문이다. 예언자는 "과일의 씨도 햇빛을 쐬려면 부서져야만 하듯이, 그러므로 그대들, 고통을 이해하지 않으면 안 된다"(〈고통에 대하여〉)고 말하지 않는가! 칼릴 지브란은 레바논의 키 큰 삼나무 아래에서 몽상을 했다. 몽상이 자라나서 숲을 이루었다. 그게 바로《예언자》이다.

> 서로 사랑하라, 허나 사랑에 속박되지는 말라.
> 차라리 그대들 영혼의 기슭 사이엔 출렁이는 바다를 놓아두라.
> 서로의 잔을 채우되 어느 한 편의 잔만을 마시지는 말라.
> 서로 저희의 빵을 주되, 어느 한 편의 빵만을 먹지는 말라.
> 함께 노래하면서 춤추며 즐거워하되, 그대들 각자는 고독하게 하라,
> 비록 하나의 음악을 울릴지라도 외로운 기타 줄처럼.
>
> 《예언자》, 〈결혼에 대하여〉

서로 사랑하되 그 사랑에 속박되는 것은 어리석다는 사실을 말하는 칼릴 지브란의 결혼에 대한 통찰은 날카롭다. 사람들은 상대를 속박하는 이유가 사랑 때문이라고 말한다. 하지만 칼릴 지브란은 "함께 서 있으라, 허나 너무 가까이 서 있지는 말라"고 말한다. 사원의 기둥들이 떨어져 있듯 떨어져 있으라고 한다. 참나무나 사이프러스 나무가 서로의 그늘 속에선 자랄 수 없는 까닭에서이다.

칼릴 지브란은 1883년에 레바논의 비샤리에서 태어난 시인이

다. 1931년 4월 10일, 그는 세상을 떴다. 48세라는 짧은 생애였다. 레바논 종교 분파 간의 갈등에서 시작된 충돌은 1860년경에 끔찍한 대학살로 이어졌다. 기독교 교인들 수천 명이 드루즈파 회교도들의 손에 의해 자기 교회 제단에서 학살당했다. 약탈과 방화가 일상적인 일이 되었다. 레바논은 비극의 땅이다.

기독교 교도인 칼릴 지브란의 아버지는 이 유혈극에서 다행스럽게도 목숨을 구했다. 그는 산속 난공불락의 요새로 피신했고, 덕분에 칼릴 지브란이 태어날 수 있었다. 칼릴 지브란은 비샤리의 삼나무숲이 뿜어내는 짙은 향기 속에서, 금성과 시냇물과 꽃 한 송이 한 송이와 새들과 바위들이 어우러진 고향의 장엄한 자연과 더불어 불안한 가운데 유지되는 평화로운 유년기를 보냈다. 그의 어린 자아를 키워준 것들은 바로 그런 것들이다. 아버지의 영향으로 기독교 교도로 성장했지만 이슬람의 신비주의 교단인 수피로부터 영향을 받았다. 칼릴 지브란에게서도 알 수 있듯 한 사람의 삶이란 그가 태어난 장소와 타고난 피의 불가피한 기질에 의해 규정된다. 아마 그가 레바논에서 태어나지 않았다면, 《예언자》도 없었을 것이다.

칼릴 지브란은 열두 살 때인 1895년 12월에 가족과 함께 미국 보스턴의 빈민가로 이주했다. 보스턴에서 보낸 2년은 이민자를 향한 적대감, 인종 차별, 백인 아이들의 횡포 따위를 견뎌야 하는 불행한 시절이었다. 그의 내면은 상처받은 야수처럼 피를 흘렸고, 할퀴어진 자존심으로 신음했다. 상처받은 제 내면을 스스로 치유할 수 있는 영적인 능력을 가졌던 그는 소음으로 넘쳐나는 세상과 등을 돌리고 고요함 속에서 자신의 내면을 응시했다. 그는 한 편지에서 이렇게 쓴다. "사람들이 '쾌락'이라고 부르는 미친 거짓말들이 정말 피곤하군요. 나는 낯설고 조용한 곳에서만 마음의 안식을 찾을 수 있어요."

2년 뒤 그는 혼자 고집스럽게 비천한 보스턴에서의 삶을 정리하고 레바논행 배에 몸을 실었다. 대학을 졸업한 뒤 아버지를 따라 레바논 전역을 여행하며 그림을 그리고 유럽 곳곳을 여행했다. 1908년 파리에서 미술 공부를 했다. 이 무렵 조각가 로댕을 만나 깊은 영향을 받았다. 3년간 미술 공부를 하고 미국으로 돌아가 뉴욕의 한 아파트에서 독신으로 살며 글을 썼는데, 《예언자》는 영어로 쓴 첫 번째 작품이다.

칼릴 지브란은 16세 때 아랍어로 《예언자》의 초고를 썼다. 그 초고에는 내면세계의 신성함이 넘쳐흘렀다. 제1차 세계대전이 끝난 이듬해 그는 《예언자》에 대해 이렇게 말했다. "내가 태양 아래 부끄러움 없이 설 수 있게 해줄 유일한 작품이지요. 왜냐하면 이 예언자는 내가 그를 '쓰려고' 시도하기 전에 이미 나를 '썼고', 내가 그를 창작하기 전에 나를 창조했고, 내 앞에 나타나 그의 소원과 생각을 구술하기 전에 내가 2만 1천 마일이나 자기를 따라오도록 만들었어요."

칼릴 지브란은 《예언자》에서 누구도 대답하기를 꺼리는 본질적인 것에 대해 묻고 그 물음들에 당당하게 맞선다. 이를테면 사랑, 결혼, 아이들, 베풂, 먹고 마시는 것, 노동, 기쁨과 슬픔, 집, 옷, 법, 자유, 이성, 자기 인식, 우정, 시간, 선과 악, 기도, 쾌락, 종교, 죽음, 고별에 대해서. 죽음에 대해 오래 번민해온 내게 칼릴 지브란은 "삶의 중심에서 죽음을 찾으라"고 조언한다. "삶과 죽음이 한 몸"임을, 그리하여 "산정山頂에 이르렀을 때에야 비로소 오르기 시작하게" 됨을 깨달으라고 말한다. 이런 주제에 대한 물음과 답변이 마음에 일으키는 혁명적 변화는 고요하다.

고요함 가운데 우리는 서서히 돌이킬 수 없이 변해버린다. 나는 내 존재의 모순됨을 바라보기 시작했다. 내가 "사냥꾼인 동시에 사냥당하는 자"라는 사실을, 그리고 "내 활이 당긴 무수한 화살들은 기어이 내 가슴을 찾아"온다는 사실을 깨달았다. 다시금 나는 《예언자》를 손에 들고 읽는다. 저 서른 몇 해 전에도 그랬듯이, 여전히 내 마음의 금琴이 저 안쪽에서부터 떨며 운다.

함부로
겨울이 되지 마라

■

《장자》

《생년월일》

두려움과 불안함이
우리를 뒤척이게 하고 악몽을 꾸게 한다
삶을 차갑게 얼어붙게 한다
스스로 온기를 찾지 않으면
우리 생은 쉽게 겨울이 될 수 있다

어젯밤에는 꿈을 꾸었다. 새벽에 깨고 나니 그 꿈이 도무지 생각나지 않았다. 분명한 것은 꿈속에서 내가 엉엉 소리 내 울었다는 것이다. 왜 그랬을까. 무슨 까닭에 슬픔이 마음을 적셨던 것일까. 살면서 가장 슬픈 일은 하늘이 준 나이를 다 못 살고 도중에 죽는 것이다. 사람들은 명리를 좇아 사는 데만 바빠 쓸모 있음만을 구하고 쓸모없음의 큰 쓸모에 대해 신경 쓰지 않는다. 두려움과 불안함이 밤을 뒤척이게 하고 악몽을 꾸게 한다. 삶을 얼어붙게 한다. 이럴 때는 책으로 온기를 높인다. 마음에 짚이는 바가 있어 서둘러 《장자》를 꺼내 한 대목을 읽었다.

> 석이라는 목수가 제나라로 가다가 곡원이라는 곳에 이르러 토지신을 모신 사당의 상수리나무를 보았습니다. 나무의 크기는 소 수천 마리를 가릴 만했고 둥치는 백 아름, 높이는 산을 굽어볼 정도였습니다. 맨 아랫가지가 바닥에서 열 길쯤 올라가 뻗었는

데, 거기에는 통배를 만들 수 있는 가지만 해도 여남은 개가 되었습니다. 구경꾼들이 모여 장터를 이루었는데 목수 석은 그것을 거들떠보지도 않고 가버렸습니다.

제자가 한동안 보고 나서 석에게 달려가서 물었습니다. "제가 그동안 도끼를 들고 선생님을 따라다녔지만 재목감으로 이처럼 훌륭한 나무를 아직 본 적이 없습니다. 그런데 선생님은 눈여겨보시지도 않고 지나치시니 어인 일이십니까?"

"됐네. 거기에 대해서는 더 말을 말게. 쓸모가 없는 나무야. 그것으로 배를 만들면 가라앉고, 관을 짜면 곧 썩고, 그릇을 만들면 쉬 부서지고, 문을 짜면 수액이 흐르고, 기둥을 만들어 세우면 좀이 슬 것이니, 재목이 못 돼. 아무짝에도 못 써. 그러니까 저렇게 오래 살 수 있었던 거야."

목수 석이 집으로 돌아오자, 사당 상수리나무가 꿈에 나타나서 말했습니다. "그대는 나를 무엇에다 비교하려는고. 저 좋다는 나무들에다 비기는가? 아가위나무, 참배나무, 귤나무, 유자나무 따위? 열매가 익으면 뜯기고 욕을 당하지. 큰 가지는 꺾이고, 작은 가지는 찢기고, 그런 나무들은 자기들의 [열매 맺는] 재능 때문에 삶이 비참하지. 하늘이 준 나이를 다 못 살고 도중에서 죽는 법이니, 스스로 세상살이에서 희생을 자초한 셈이라. 모든 것이 다 이와 같은 것이지.

나는 오래전부터 내가 쓸모없기를 바랐네. 몇 번이나 죽을 고비를 넘기고 이제야 완전히 그리 되었으니, 그것이 나의 큰 쓸모일세. 내가 쓸모가 있었더라면, 이처럼 클 수 있었겠는가? 또, 그대나 나나 한낱 하찮은 사물에 지나지 않는데 어찌 그대는 상대방만을 하찮다고 한단 말인가? 그대처럼 죽을 날이 가까운 쓸모없는 인간이 어찌 쓸모없는 나무 운운한단 말인가?"

오강남 풀이, 《장자》

《장자》의 이 대목을 읽고 나니, 마음이 평온해졌다. 내 피와 마음이 아직도 견고함에 이르지 못해 헛된 욕망을 품고, 그것이 흩어지자 꿈속에서 그토록 서럽게 울었던 것이다. 책에서 온기를 찾지 않으면 우리 생은 이다지도 쉽게 겨울이 될 수 있다.

책을 덮고 나서 홀가분한 기분이 되어 물가로 내려갔다. 가을의 가장자리를 지나 초겨울로 성큼 진입하는 이 무렵 금광호수는 새벽마다 물안개를 피워 올린다. 호수를 덮는 물안개가 장엄한 것은 뭔가 있지만 그게 뭔지는 모르는 은하를 채운 우주 암흑과 역상逆像을 이루며 견줘지는 까닭이다. 나는 물가에 서서 물안개를 바라보며 점점 빨라진다는 우주 팽창에 대해 생각한다. 우주 팽창은 우주 어딘가에 중력보다 더 센 힘이 작용한다는 뜻이다. 인류는 발달했다는 과학으로도 그게 뭔지 아직 알아내지 못했다. 우리는 거대한 무지 속에서 살아가고 있다.

작년 이맘때의 물안개를 생각하니, 간 것은 오고 온 것은 기어코 간다는 것을 알겠다. 내가 올해 맞은 가을은 왔으니 가고, 작년에 맞았던 겨울은 왔다가 지나간 것에 속하니 새로운 겨울이 다시 오는 것이다.

함부로 겨울이 되지 마라
매일 변해야 얼어붙지 않는다
매일 변하되 쉽게 결정짓지 마라
겨울의 그늘 속에서
쉽게 생을 단정 짓지 마라

아침에 양치질을 하는데, 잇몸의 무른 쪽이 패었는지 찬물이 닿을 때마다 몸서리쳐지도록 이 뿌리가 시렸다. 양칫물에 피가 섞여 나왔다. 찌고 데치고 삶은 것들을 씹고 삼키며 몸을 부양하고 살아왔으니, 내 이빨들은 평생 노동자로 제 직분을 다했다.

나는 마른 고목과 식은 재에 대해 오래 생각하는 버릇이 생겼다. 세월이 지나면 몸은 마른 고목이 되고, 마음은 식은 재가 되는 법이다. 지금의 나는 지난겨울의 내가 아니고 어제의 나도 아니다. 나는 나날이 변화해가는 사람이다. 아직 나는 노화를 인정하고 있지는 않으나 내 기氣는 나도 모르게 서서히 쇠하여 가고 있는 게 분명하다.

변화하는 것은 자연의 이치이다. 일찍이 장자도 〈추수秋水〉 편에서 "물物이 생겨나는 것은 마치 말이 뛰거나 내달리는 것과 같아서 움직이며 변하지 않는 것이 없고 잠시도 바뀌지 않는 것이 없다"라고 썼다. 변화함으로써 우리는 얼어붙지 않을 수 있다.

국수 한 그릇을 먹고 서재로 돌아온다. 오후의 나른한 시간들 속으로 몸을 굽히고 있다가, 함부로 겨울이 오겠어? 라고 묻는 시인의 시구를 읽고 난 뒤 초식동물과 같이 오래 새김질한다. "함부로 / 겨울이야 오겠어? / 사육되는 개가 주인을 조금씩 길들이고 / 별자리들이 인간의 운명을 감상하고 / 가로등이 점점이 / 우리의 행로를 결정한다고 해도 // 겨울에는 겨울만이 가득한가? / 밤에는 가득한 밤이? / 우리는 영영 주인을 모르는 개가 되는 거야. / 다른 계절에 속한 별이 되는 거야 / 어느 새벽의 지하도에서는 소리를 지르다가 // 당신은 지금 어디서 / 혼자 겨울인가? / 허공을 향해 함부로 / 질문을 던지고 / 어느덧 눈으로 내리다가 문득 / 소식이 끊기고"(이장욱, 〈겨울에 대한 질문〉, 《생년월일》).

겨울은 공손하지 않다. 뇌는 진화를 거치면서 오래된 영역을 덮으며 최근에 생긴 뇌의 영역들이 자라났다. 옛 뇌는 저 안쪽으로 밀려나는데, 그게 두개골 맨 아래쪽에 버섯기둥처럼 솟아올라 있는 뇌간腦幹이라고 부르는 영역이다. 이 오래된 뇌는 아래쪽으로

척수와 연결되어 생명 유지에 필요한 호흡이나 심장박동 따위의 기본적인 기능들을 담당한다. 이 오래된 뇌 속에 조상들의 기억들이 들어와 있다. 내 대뇌피질의 저 안쪽에 있는 오래된 뇌 속에는 조상들이 겪은 혹한의 죽음들이 남긴 고통과 공포가 고스란히 계통발생의 기억으로 엄연하다. 겨울이 암울한 상상을 자극하는 것은 그 때문이다. 오래된 뇌를 소뇌가 감싸고 그것을 감싼 대뇌피질로 둘러싸는 대뇌가 있다. 뇌 중에서 가장 최근에 만들어진 대뇌피질은 말하고 생각하고 감각을 인지하는 영역이다. 겨울이 오면 까닭도 없이 우울해지는 것은 대뇌피질 저 아래에 있는 오래된 뇌에 남은, 인류 조상의 겨울에 대한 기억 탓이다.

겨울은 함부로 오고 우리는 저마다의 자리에서 고립된 채 암울한 겨울을 견뎌낼 것이다. 겨울은 일조량이 줄어드는 계절이라 몸에서 세로토닌이 거의 생성되지 않는다. 뇌 속의 세로토닌 수치가 낮아지면 남자들도 '생리 전 증후군' 비슷한 것에 빠질 수 있다. 여자들은 생리 직전에 세로토닌 수치가 가장 낮은 단계에 오는데, 이때 공연히 울적하고 기분의 동요가 심해지며 예민해진다. 우중충한 날씨가 이어지는 겨울, 뇌 속에 세로토닌이 고갈될 때 남자들도 비슷한 증상을 겪는다. 햇빛이 부족해서 생긴 사태이다.

'당신'이라고 부르는 사람은 여기에 없다. 없을 뿐만 아니라 소식도 끊겼다. 겨울은 더 견디기 힘들어진다. 그러면 우리는 "영영 주인을 모르는 개"가 되기도 하고, "다른 계절에 속한 별"이 되기도 한다. 화석 연료를 때며 난방을 하고 전기를 만들어 쓰는 인류의 계통발생 기억 어느 틈에는 원시 인류가 보낸 혹독한 겨울의 기억이 트라우마로 달라붙어 있다. 아마 그 불변의 기억들이 이런 시를 상상하게 했을 테다.

겨울에 안주하지 마라
지나간 겨울처럼 굳어가지 마라
일상의 온기를 높여라
반드시 오는 봄을 상상하며

겨울의 초입에서 나는 더 단순해지고자 한다. 덜 먹고 덜 쓰고 덜 생각하기를 바란다. 특별한 사람이 되기를 원치 않는 대신에 내 안에 사는 많은 그림자들이 욕망하는 것을 그치고 말문을 닫아 겨울의 적막과 조화를 이루고, 감히 담담하고 고요해지기를 바랄 뿐이다. 가끔 옛 책을 펼쳐 마음의 평화를 구하고 싶다. 이를테면 이런 구절들 앞에서 나는 고요해진다.

담담하고, 고요하며, 적막하고, 허무하고, 무위한 것이 바로 천지에서 가장 균형을 이룬 상태이자 도덕의 본질이다. 성인은 이렇게 쉬기 때문에 마음이 고요하고 편안한 것이다. 마음이 고요하고 편안하면 담담하고, 근심걱정이 깃들지 않고, 나쁜 기운도 그를 덮쳐 쓰러뜨릴 수 없다. 그러므로 그의 도덕이 온전할 수 있고, 그의 정기도 손상되는 일이 없게 된다. 아울러 성인은 자연의 운행을 따르며 살아가고, 죽어서는 만물과 더불어 변화하며, 고요히 있을 때는 음과 같이 되고, 움직이면 양과 함께 조화를 이룬다고 하는 것이다.

《장자》, 〈각의〉

겨울이 성큼성큼 오고 있다. 뇌 속에 세로토닌이 적다고 혼자 아우성치거나 예민해져서 누군가의 마음을 할퀴는 심술궂은 농담은 던지고 싶지 않다. 나는 경건해지거나 거룩해지고 싶은 욕망도 없을뿐더러 던적스러운 욕망이 시키는 대로 주접을 떨며 살고 싶지도 않다. 나는 경건과 세속의 중간쯤에 머물고 싶다. 그저 변산 내소사 초입에서 일주문까지 아무 생각 없이 걷다 돌아오고 싶다. 혹은 박경리 선생의 무덤이 있는 통영의 볕바른 산 언덕바지에 앉아 그 수려한 앞바다를 내려다보고 있다 돌아오고 싶다. 혹은 영주 부석사에 가서 소백산맥의 파도쳐 가는 산능선들을 하염없이 바라보다 돌아와도 좋겠다.

겨울이 왔으니 겨울을 살아야겠다. 벌써 내년 봄에 만날 그 꽃들을 떠올리는 것만으로도 가슴이 두근댄다.

눈을 뜨고
보라

■

《면벽침사록》

사람이 저마다
제 자신의 수인이라면
자아와 영혼의 성장을 위해
이 속박에서 벗어나서
완전한 생명의 개방을 이루어야 한다

마음이 어지러울 때 '면벽'하는 대신에 《면벽침사록面壁沈思錄》을 찾아 읽는다. 심오하고 고상한 생각이 얕고 속된 생각에 스며 고요해지는 까닭이다. 그는 하늘과 우주를 벽 삼고 '정신적 동굴'에서 국가, 고향, 인생을 사유하고, 역사와 철학과 문학에 대해 궁리한다. 옛것과 새것, 동서양의 정신들을 종횡으로 오가며 그 궁리를 잇는데, 막힌 데 없고 눌린 데가 없는 그 생각의 발랄함에 마주쳐 내 마음도 더없이 즐겁다.

"동물에게는 단지 본능적인 공간 감각만 있을 뿐 시간 감각은 없다"라는 통찰은 날카롭지 않은가? 사람은 더러는 자살도 하지만 동물이 자살하는 경우는 없다. 동물에게는 시간 감각이라는 게 없기 때문이다. 오로지 공간 감각에만 의지하는 동물은 '시간의 소실'에 대해 알지 못하기 때문에 삶의 유한성이라는 바탕 위에서 이루어지는 생명 개체로서 순간의 황홀경 경험 따위는 애초에 있을 수 없다.

아직 감상하지 못한 무수한 생명의 장관이 펼쳐지고 있는 이런 희소한 대지 위에, 한없이 넓은 우주에서 가장 아름다운 지구의 한 지점에 서 있다는 것을 깨닫는 순간 나는 삶을 뜨겁게 사랑하게 되었다. 아주 맑고 아름다우며 깨끗한 우주 앞에서 생명의 언어를 사용하는 경지가 역사의 언어를 사용하는 경지보다 위대하다는 점을 비로소 알게 되었다.

류짜이푸, 《면벽침사록》

류짜이푸는 1989년 중국의 톈안먼 사건이 일어났을 때 학생 시위를 지지하고 중국의 정치 현실을 비판한 '양심적 지식인'이다. 결국 미국으로 망명했다. 쫓겨난 자, 떠돌이, 노마드로 살아야 하는 운명을 불가피하게 내면화하던 그가 굴원, 두보, 이백, 소동파를 마음에 새긴 것도 그들이 추방과 유배로 수난과 시련을 고스란히 떠안았음에 대해 동병상련의 마음을 품었기 때문일 테다. 쫓겨나 떠돌고 그 떠돎이 그들을 위대하게 만들었으니 위대한 영혼을 낳은 방랑이다. 그는 생명의 본질이 붙박이에 있는 것이 아니라 떠돌고 찾아 나서는 것에 있음을 알고, 장자의 〈소요유〉조차 영혼의 방랑에 대한 상상으로 해석한다.

하지만 오래 따돌림을 당하고 추방되었거나 감옥에 격리된 적이 있던 사람은 조심해야 한다. 복수의 불꽃 속에 자신을 내던지지 말아야 한다. 자신이 당한 그만큼 고스란히 사회에 되돌려주겠다는 마음을 갖지 않도록 해야 한다. 자칫하면, "감옥살이를 하고 형벌을 받은 뒤에는 언제나 고난을 자본으로 삼고, 그 뒤로는 끊임없이 사회에 빚을 독촉하거나 심지어는 그것을 증오의 이유로 삼을 수도 있다." 이것은 불건강한 심리 상태에 빠지는 것이다.

> 머리로 성찰하고 반성하는 것도 물론 필요하지만 눈으로 확실하게 자신을 살펴보는 편이 낫다. 루쉰이 사람들에게 "눈을 뜨고 보라"고 외친 것은 참담한 인생과 뚝뚝 떨어지는 붉은 피를 보라고 한 것으로, 여전히 사람들에게 눈을 뜨고 자신을 살펴보라고 외친 것은 아니었다. 만약 진실한 눈으로 자신을 살펴본다면 인간의 본성이 얼마나 연약하고 인간의 본성에 박힌 악의 뿌리가 얼마나 견고한지를 알 수 있을 것이다. 평소에는 좋은 학생이자 영리한 어린아이지만 환경이 다른 문화대혁명에 접어들자마자 곧바로 정신 나간 사람처럼 행동을 하게 되니, 모두 뒤따라서 흉악한 말을 하고, 허튼소리를 하고, 큰소리로 떵떵거렸다. 이빨도 아주 날카롭게 갈아서 언제나 '반동파'의 고기를 먹으려고 준비하였으니 참으로 이리나 호랑이 같았지, 사람 같지는 않았다. 눈이야말로 치명적인 반성의 기관이다.
>
> 류짜이푸, 《면벽침사록》

노자와 장자에서 니체와 헤겔로, 혜능에서 그리스도로, 기독교 정신에서 선불교 사상으로, 루쉰에서 톨스토이와 도스토옙스키로 오가며, 제 생각을 거침없이 펼쳐내는 데에서도 그의 박학과 사유의 광활함은 드러난다. 마음이 몸에 속박되고 정신이 형체에 부림을 당한다는 사실에 공감하는 것은 류짜이푸만은 아닐 테다. 사람이 저마다 제 자신의 수인囚人이라면, 자아와 영혼의 성장을 위해 이 속박에서 벗어나서 완전한 자기 생명의 개방을 이루어야만 한다.

오늘도 이 책을 뒤적이며 생각한다. 나는 어떻게 하면 더 '활짝 열린 존재'로 살 수 있을까?

타인을 영접하라

■

《자아폭발 — 타락》

자기 보존은
나의 노력만으로 이루어지지 않는다
타인을 영접하고 환대하라
누군가 울고 있다면 그 울음은
나의 것이어야 한다

누구나 사람은 저 자신으로서 산다. 먹고 마시고 잠자는 것은 오로지 자기 보존을 위한 것이다. 이것은 개별자에게 부여된 숭고한 의무이지만 자기 보존은 나의 노력만으로 이루어지지 않는다. 그것은 타인과의 협력 속에서 이루어지는 것. 사람은 낱낱으로 분리되어 '자기성'에 갇힌 섬이 아니다. 사람은 '자기성'에 갇힌 존재이면서 동시에 숱한 타자들과 연루되고 그 연관성에 놓인 맥락에서 산다. 산다는 것은 사람과 사람으로 연결된 이 세계 안에서 산다는 뜻이다. 어떤 삶도 저 홀로가 아니라 자기를 떠나 타인들과 연결됨으로써 삶은 이루어진다.

어떤 사람들은 타인을 향해 마음을 닫는다. 마치 마음을 닫은 것처럼 말하고 행동한다. 실은 마음을 닫은 게 아니라 닫은 척하고 사는 것이다. 그는 제 삶을 위해 필요한 많은 것들을 타인에게 빚지고 살면서 그것을 모른 척 외면한다. 우리는 누군가 땀 흘려 농사를 지었기 때문에 굶지 않을 수 있고, 누군가 옷을 만들었기 때문에 헐벗지 않을 수 있고, 누군가 집을 지었기 때문에 밖에서 추위에 떨지 않을 수 있다. 마음을 닫는 것은 이러한 타자와의 관계를 외면하는 것이다.

나 아닌 타인을 향해, 세계를 향해 열린 마음을 갖고 살아야 한다. 어떻게? 타인을 '영접'하고 '환대'함으로써. 주린 자와는 먹을 것을 나누고, 억울한 자가 있다면 그 억울한 사정에 귀를 기울이고, 아픈 사람과는 기꺼이 그 아픔을 나누고 보살핌을 베푸는 게 타인을 영접함이다. 불의로 고통 받는 사람이 있다면 그 고통에 동참할 수 있는 마음을 품어야 하고, 무거운 짐을 지고 있는 사람이 있다면 그 짐을 질 수 있어야 한다. 그게 열린 마음이다. 누군가 울고 있다면 그 울음은 나의 것이 되어야 한다. 누군가 굶주리며 죽어가고 있다면 그 주림의 고통은 나의 것이 되어야 한다. 열린 마음만이 우리를 그렇게 행동하도록 이끈다. 나의 필요와 욕망을 넘어서서 타자의 필요와 욕망에 반응하고 그것을 내 것으로 감응할 수 있는 능력이 좋은 사람됨의 증표다. 그런 까닭에 '활짝 열린 존재'가 되는 것은 선택적 윤리가 아니라 사람으로서 마땅히 그러해야 함, 즉 도덕적 본성에 속한다.

열린 마음은 반대편은 물론 닫힌 마음이다. 닫힌 마음은 곧 세계관의 편협함으로 이어진다. 지구온난화, 열대우림의 남벌, 다른 생물종의 멸종 따위에 무감각하다면 그것은 세계관의 편협함에 빠져 있다는 증거이다. 세계관의 편협함은 예지력의 부재에서 비롯한다. 스티브 테일러는 이 세계관의 편협함이 낳는 폐단을 이렇게 지적한다.

> 중요한 문제점들 중 하나는 우리가 가진 세계관의 편협함이다. 우리는 흔히 우리 생활의 현재 및 당장의 현실에만 주의를 기울인다. 매일매일 일어나는 문제들, 우리 자신의 필요와 욕망, 당장 또는 내일, 또는 다음 주에 우리가 해야만 하는 것들에 매몰되어 있다. 많은 사람들은 사회적, 정치적인 문제들에 대하여 무관심하게 지낸다. 그리고 직접적으로 영향을 받아야만 비로소 관심을 가진다. 원자력발전소가 우리가 사는 곳에서 몇 마일 떨어진 곳에 세워지고, 우리가 사는 마을의 아이들이 백혈병에 걸려야만 비로소 원자력발전 문제에 신경을 쓰게 된다. 우리는 바닷가에 살면서 해수면이 상승하여 우리 집들이 가라앉기 시작해야만 비로소 지구온난화 문제에 관심을 기울일 것이다. 우리의 관심은 보통 매일매일의 세상일에 한정되어 있다. 그리고 이것은 환경과 관련된 문제들이다. 그것들은 너무 광범위하여 우리가 파악하기 어렵다. 지구온난화·열대우림의 남벌·다른 생물종의 멸종 같은 사안들은 우리의 일상으로부터 너무 멀리 떨어져 있으며, 우리가 분명히 알기에는 너무 모호하고, 눈에 띄지도 않으며,

우리와도 무관하게 느껴진다.

우리의 편협한 세계관은 또 다른 문제도 일으킨다. 이는 바로 예지력의 부재에서 비롯된다. 인간이 다른 어떤 동물들보다 미래를 계획하고 예상하는 능력이 더 크다는 것은 의심의 여지가 없다. 하지만 우리의 예지능력은 여전히 제한되어 있다. 우리가 가진 보통의 인지능력처럼 예지능력은 아주 가까운 미래에 대하여는 작동하지만 장기적인 것에 대하여는 그렇지 않다. 15년 내지 20년 뒤에 어떤 일이 일어날지는 우리에게 모호하고, 안개에 덮여 있는 듯하다. 그래서 그때 무슨 일이 일어날 것인지 우리는 실제로 관심이 없다. 그 결과 우리는 미래를 위하여 희생할 각오가 되어 있지 않다. 우리는 미래 세대들을 위하여 불편함을 감수하기를 꺼린다.

스티브 테일러, 《자아폭발―타락》

나날의 욕구와 필요에만 갇혀 있는 사람은 오로지 자신에게 고립되어 있는 사람이다. 대개는 편협한 세계관에 갇힌 사람들이고 그들의 자아는 단단하게 개별적인 껍데기 속에 웅크리고 있다. 그들은 자신의 에너지를 성욕과 식욕과 사치스런 생활에 대한 욕망을 충족시키려는 데 써버린다. 금욕과 고행의 가치에 대해 전혀 모르며 그렇기 때문에 탐욕에 쉽게 빠지는데, 그것은 곧 자아가 타락했다는 증거이다.

나와 너는 연결된 존재이다. 더불어 소통하고 함께 살도록 태어난 존재들이기 때문에 나와 네가 마음을 닫고 불통한다면, 그런 세계가 있다면 그곳이 바로 지옥이다. 나의 행복이 너의 불행을 담보해야만 한다면 나는 타자에게 아무것도 아닌 것, 아니 소규모의 끔찍한 재앙에 지나지 않을 것이다. 재앙이 되지 않으려면, 한 시인의 어법을 빌려 나는 너에게 가서 꽃이 되어야 한다. 서로가 서로에게 꽃이 되려면 마음을 열고 소통해야 한다. 마음을 열지 않고, 손을 잡고 나란히 걷지 않는다면, 우리는 겨울의 추위와 잿빛 하늘 아래서 저마다 신음하다가 죽을 것이다. 우리가 마음을 열고 손을 잡아야만 비로소 봄은 온다.

행복하려거든,
통하라

■

《우리는 무엇이 될 수 있는가》

《나와 너》

《존재에서 존재자로》

《호밀밭의 파수꾼》

'나'는 항상
무수한 '너'를 필요로 한다
그러므로 우리는 타자를 인식하고
그들의 세계에 발을 들여야 한다

소통은 생명의 근본적인 요청이다. '나'란 존재에 대한 자기 인식은 타인과 접촉하면서 이루어지는 소통 속에서만 일어난다. 스스로에게 '나는 누구인가?'라고 물을 때 내 의식의 표층으로 떠오르는 '나'는 "결국 타인을 통해 경험하고 알게 된 나"(《우리는 무엇이 될 수 있는가》)라는 것이다. 타인과 소통하지 않는 삶은 없다. 우리는 언제나 타인과의 관계 속에서만 자기를 인식한다. '나'는 '우리'라는 무리 속의 '나'일 뿐 저 혼자 있는 '나'가 아니다. 독일 괴팅겐대학의 신경생물학과 교수인 게랄트 휘터는 "타인 속에서 자기를 인식하는 현상은 유아기부터 시작된다"고 했다. 그는 이렇게 말한다.

> 아이가 입에 올리는 첫마디는 '나'가 아니라 상대방, 즉 엄마나 아빠, 할머니, 할아버지 등으로 나타나는 '너'에 대한 호칭이다. 아이는 충분히 오랜 시간을 두고 이들 타인과 끈끈한 관계를 맺고 그들을 본보기로 삼으면서 자신과 그들을 구분하고, 그러면서

그들 속에서 자신을 비춰보고 그들을 관찰하고 따라 한 뒤에야 자신을 엄마 아빠와 다른 하나의 독립적인 존재로 발견해간다.

게랄트 휘터, 《우리는 무엇이 될 수 있는가》

'나'는 항상 무수한 '너'를 필요로 하는데, 이는 실존의 분명한 조건이다. 철학자 마르틴 부버는 《나와 너》에서 소통에 관한 의미 깊은 성찰을 한다. 사람은 무수한 타자의 무리 속에서 오로지 '나'로서만 살 수 없다. 사람은 누구든지 어디서든지 무슨 이유에서든지 누군가와의 '만남'을 통해 살아간다. 모든 참된 삶은 만남이고, 이 만남은 소통의 시작점이다. 이때 만남은 '너'라는 단독자와의 만남이 아니라 인간과 세계 전체와의 만남이다.

'너'와 나의 만남은 은혜로 이루어진다—찾아서 발견되는 것이 아니다. 그러나 내가 '너'를 향해 저 근원어를 말하는 것은 나의 존재를 기울인 행위요, 나의 본질 행위다.
'너'는 나와 만난다. 그러나 '너'와의 직접적인 관계에 들어서는 것은 나다. 그러므로 관계란 택함을 받는 것인 동시에 택하는 것이며, 피동인 동시에 능동이다. (…)
근원 '나-너'는 오직 온 존재를 기울여서만 말해질 수 있다. 온 존재에로 모아지고 녹아지는 것은 결코 나의 힘으로 이루어질 수 없다. '나'는 너로 인하여 '나'가 된다. '나'가 되면서 '나'는

'너'라고 말한다.

모든 참된 삶은 만남이다.

마르틴 부버, 《나와 너》

사람은 누군가와의 소통을 필요로 하는 존재이다. 누구도 '너'라는 존재와의 만남을 배제한 인생은 살 수 없다. 소통은 '나'의 존재함에 '너'라는 존재가 절대적으로 필요하다는 긍정을 하는 한에서 이루어진다. '나[인격]'와 '그것[사물]'의 소유 관계가 아니라 '나[인격]'와 '너[인격]'의 호혜 평등 관계로 살아야 한다. 마르틴 부버는 '나'와 '너'의 만남, 그 근원어로 맺어지는 관계에서만 참된 삶이 시작되고, 그 인격적인 관계, 오로지 그것만이 참된 삶이라고 말한다.

'나'의 행복은
개별적 욕망의 충족에서만
일어나지 않는다
타자를 환대하고 소통해야
진짜 행복이 찾아온다

한편으로 사람은 태어나면서부터 자기 보존 욕구를 갖는다. 이 욕구는 '나'와 다른 대상을 먹거나 필요한 물건으로 바꾸면서 이룬다고 말한 것은 철학자 에마뉘엘 레비나스이다. 그에 따르면 사람은 자신의 욕구와 충동에 따라 타자와 세계를 향유하는데, 이는 자신에게 몰두하면서 세계에 관여하는 삶의 방식이다. 이는 타자를 도구화하고 대상화하는 방식으로, 도구는 욕망에 종속된다. 그러므로 나의 존재에만 전념하는 것은 뚜렷한 한계를 갖는다. 레비나스는 자신의 존재에만 전념하는 "이 시간은 슬픔을 달래고 죽음을 극복하기에 충분치 않다. 어떤 슬픔도 사라지지 않으며 어떤 죽음도 부활 없이는 견디어내지 못한다"(《존재에서 존재자로》)고 말한다.

타자를 환대하고 소통해야만 하는 진짜 이유는 분명해진다. '나'의 행복은 개별적 욕망의 충족, 즉 노동과 향유의 반복에서가 아니라 내가 환대하는 타인과의 소통 속에서만 가능해지기 때문이다. '나'의 행복은 '너'의 행복이 전제되어야만 가능하다. 행복한 '나'와 행복한 '너'의 소통 위에서만 우리는 비로소 행복해질 수 있다.

제롬 데이비드 샐린저의 소설《호밀밭의 파수꾼》은 세계와 소통하지 못하는, 혹은 세계와의 소통에 실패한 16세 소년의 방황과 불행을 그린다. 주인공이 신경쇠약으로 캘리포니아의 한 요양소에서 정신과 의사에게 자신이 겪은 이야기를 털어놓는 형식을 취한다.

그는 해마다 키가 6.5인치씩 자라지만 어른이 되고 싶어 하지 않는다. 어른들은 한결같이 속물들이고, 어른들이 꾸리는 사회는 타락한 사회이기 때문이다. 이 순수한 영혼은 그 순수함 때문에 더러운 세계에 편입되지 못한 채 끊임없이 뉴욕에서 서부로, 허위와 기만에 물든 사회에서 자유와 순수가 오롯하게 유지되는 신세계로 도망간다. 그는 모든 것들을 빈정거리고 냉소로 대하는데, 이는 거짓과 가식에 물들어 있는 기성세대가 만든 제도들과 질서에 대한 거부이다. 자신이 타락한 기성세대의 일원으로 편입되는 것을 거부하는 것은 곧 세계와의 소통을 끊고 도망가는 것이다.

그는 유일하게 마음을 털어놓고 소통하는 여동생에게 호밀밭의 파수꾼이 되고 싶다고 말한다. 정말 순수했기 때문에 세상과의 소통을 거부한 주인공은 어린애들이 호밀밭에서 뛰어놀다가 절벽 아래로 떨어지는 것을 막아주는 파수꾼이 되고 싶다고 말한다.

> 나는 늘 넓은 호밀밭에서 꼬마들이 재미있게 놀고 있는 모습을 상상하곤 했어. 어린애만 수천 명이 있을 뿐 주위에 어른이라고는 나밖에 없는 거야. 그리고 난 아득한 절벽 옆에 서 있어. 내가 할 일은 아이들이 절벽으로 떨어질 것 같으면, 재빨리 붙잡아주는 거야. 애들이란 앞뒤 생각 없이 마구 달리는 법이니까 말이야. 그럴 때 어딘가에서 내가 나타나서는 꼬마가 떨어지지 않도록 붙잡아주는 거지. 온종일 그 일만 하는 거야. 말하자면 호밀밭의

> 파수꾼이 되고 싶다고나 할까. 바보 같은 얘기라는 건 알고 있어. 하지만 정말 내가 되고 싶은 건 그거야. 바보 같겠지만 말이야.
>
> J. D. 샐린저, 《호밀밭의 파수꾼》

《호밀밭의 파수꾼》이 나온 것은 1951년인데, 당대 대학생들에게 이 소설은 경전과 같이 널리 읽혔다. 샐린저는 이 소설이 나온 뒤 얼마 동안은 대중과 접촉했지만 그 뒤로는 일체의 사교생활을 끊고 시골집에 은둔했다. 1980년에 《호밀밭의 파수꾼》이 갑자기 대중의 이목을 끌었다. 비틀스의 멤버였던 가수 존 레논이 저격당했는데, 마크 데이비드 채프먼은 존 레논의 등에 다섯 발의 총알을 쏜 뒤에 경찰이 도착할 때까지 《호밀밭의 파수꾼》을 읽고 있었다. 세상과 소통하지 못하는 소년 홀든 콜필드의 이야기에 몰입해 있던 그 역시 세계와의 소통을 거부한 채 자신의 자아 속으로 망명한 은둔자가 아니었을까? 그가 존 레논을 총으로 쏜 것은 왜곡된 소통의 욕구가 표출된 것은 아니었을까?

사람은 함께 살고, 사랑하고, 존재해야 하는 존재이다. 혼자 굴을 파고 그 속에 숨어 고립해서 살 수는 없다. 잘 산다는 것은 타인과 함께 잘 산다는 것이다. 우리는 소통하면서 상호 간에 공감과 이해를 넓혀야 하고 상호 호혜적인 존재로 거듭나야 한다. 소통은 우리가 함께 나란히 살기 위해서, 혹은 행복하게 살기 위해서 반드시 필요한 가치이다. 당신은 정말 행복하고 싶은가? 그렇다면 진짜로 소통하라. 소통은 생명의 요청이고 명령일 뿐만 아니라 인생 최고의 예술이다.

마흔의
버킷 리스트를 써라

■

《논어의 인생박물지》

버킷 리스트는 가지 못한 길,
죽기 전 그 길이 후회된다면
마지막 순간 우리는 불행할 것이다
버킷 리스트는
그 마지막 후회와 불행에 대해 미리 쓰는
처방전이다

'버킷 리스트'는 잭 니콜슨과 모건 프리먼이 나온 영화 〈버킷 리스트〉(2007)로 널리 알려졌다. 카터 체임버스(모건 프리먼)는 갑자기 병원에 입원하는데, 어느 날, 대학 신입생 시절 철학교수가 죽기 전에 꼭 하고 싶은 일들을 적은 '버킷 리스트'를 만들라고 했던 기억을 떠올린다. 커터 체임버스는 그 후로 46년의 세월이 지나 자동차 정비사로 사는 현재의 자신의 모습을 돌아본다. 그는 버킷 리스트가 자신이 잃어버린 행복에의 꿈이라는 걸 깨달음과 동시에, 그의 인생은 그 잃어버린 꿈들이 만든 구멍들로 공허해졌다는 확신에 이른다.

우연히 한 병실을 쓰게 된 에드워드 콜(잭 니콜슨)은 버킷 리스트 따위는 안중에도 없는 사람이다. 그의 관심은 오직 돈을 벌고 사업체를 늘리는 것이다. 하지만 다른 꿈과 다른 현실을 사는 두 사람이 한 병실을 쓰면서, 자기가 누구인지를 돌아보고, 그리고 삶을 정리할 시간이 필요하다는 것에 공감한다. 두 사람은 병실을 벗어나 넓은 세상으로 뛰쳐나간다. 두 사람의 길을 이끄는 것은 바로 두 사람만의 버킷 리스트이다.

두 사람이 어딜 가고 무엇을 하느냐는 중요하지 않다. 중요한 것은 세렝게티 초원에서 지프를 타고 피라미드 앞에 앉아 있는 것보다 그 여정을 통해 인생의 진정한 가치가 무엇인가를 깨닫느냐는 것이다. 무굴 제국의 황제 샤 자한이 사랑하는 아내를 위해 세운 타지마할에서 그들은 저마다 겪은 사랑과 경험들의 의미를 되돌아보는데, 이때 두 사람이 대화를 나누며 내면에 비쳐드는 한 줄기 진정한 변화의 빛이야말로 버킷 리스트가 주는 진정한 가치이다.

버킷 리스트를 미리 쓰고 실행하면
죽음이 행복해지는 것이 아니라
결국 삶이 행복해진다
마흔에는 버킷 리스트를 써라
그러면, 그 어떤 죽음 앞에서든
삶은 튼튼해질 것이다

당신이 죽음을 앞두고 있다면, 당신은 지금 당장 무슨 일을 하

고 싶은가? 당신이 해야 할 일이 아니라 당신이 정말 하고 싶은 일을 적어라! 그게 바로 당신의 버킷 리스트가 될 것이다. 청나라의 문장가 장조는 "손에 쥔 부채만 보아도 그 사람의 우아하고 속됨을 알 수가 있고, 그 사람의 교유를 짐작하기에 충분하다"고 썼다. 이때 부채는 버킷 리스트의 은유로 읽을 수도 있다.

당신의 버킷 리스트는 당신이 처한 현실과 당신이 어떤 사람인가를 말해주는 목록이다. 당신이 직장인이라면, 당신의 버킷 리스트에는 외국어 공부하기, 가족을 위해 시간 갖기, 운동하기, 좋은 인맥 만들기, 나만의 시간을 갖기, 여행 떠나기, 좋아하는 일을 미친 듯이 하기, 연애나 결혼하기, 체중을 줄이기, 매일 아침 신문 읽기, 1년에 책 100권 이상 읽기, 술과 담배 끊기…… 따위가 들어갈 수도 있다.

나는 버킷 리스트를 백 가지쯤은 적을 수 있다. 버킷 리스트는 내면에 얼어붙은 바다를 깨는 도끼와 같다. 나만의 버킷 리스트로 그림 그리기, 고전음악을 감상하는 방을 갖기, 마라톤 완주해보기, 피아노 연주법 배우기, 태극권 수련하기, 공중부양에 도전하기, 가끔씩 단식하기, 프로방스에서 1년을 살아보기, 니코스 카잔차키스의 무덤이 있는 그리스 크레타 섬에 방문하기, 무인도에서 혼자 살아보기, 아미시 마을에서 살아보기, 자전거를 타고 세계일주 여행하기, 공동체 마을을 꾸리며 살기, 평생 일 안 하고 놀기, 날마다 국립도서관에 나가 미친 듯이 책 읽기, 마침내 국립도서관에 꽂힌 책을 다 읽기, 집에 대나무를 심고 대숲에 스치는 바람소리 듣는 것을 낙으로 삼기, 모란꽃과 작약꽃을 심고 작은 연못을 파서 수련을 심기, 정원 가꾸기, 사춘기 때 잠깐 스쳤던 나만의 베아트리체를 찾아 나서기, 세상의 계곡을 흐르는 시냇물 소리의 아름다움에 등급을 매기기, 온실에서 각종 새들을 키워보기…… 등등을 적을 때 그 하나하나는 어떤 발자국도 찍히지 않은 흰 눈밭처럼 순결하다.

> '배움'은 외면을 가리키며 사물을 알아가는 것을 뜻한다. 반면 '생각'은 내면을 말하며 이치를 깨닫는 것을 의미한다. 밖으로는 배움을 추구하고 안으로는 성찰하는 것, 인생의 길을 걸을 때도 이 두 가지가 반드시 균형을 이루도록 노력해야 한다.
>
> 동리자 엮음, 《논어의 인생박물지》

인생에는 오로지 두 가지 길이 있다. 내가 걸어온 길과 내가 가지 않은 길. 내가 선택하고 걸어온 길은 지금 나의 현실과 운명을 이루고, 가지 않은 길은 이루지 못한 꿈과 동경, 부재하는 현실이 된다. 한참 그림에 몰두해 있던 고등학교 입학 무렵 나는 예술고 진학을 원했지만 가세가 기운 집안의 장남이 현실적으로 선택할 수 있는 길은 실업계 고교를 나와 은행과 같은 안정된 직장에 취직하는 것이었다. 그림을 배우려는 꿈은 차선이 될 수밖에 없었다.

현실이란 생존 게임이 벌어지는 현장이니까, 항상 죽느냐 사느냐, 하는 절박성의 압박감을 준다. 꿈은 현실에서 도태되지 않고 살아남은 뒤의 문제이다. 버킷 리스트는 그 본질에서 비현실적이고 비효용적이다. 그것이 현실적인 선택에서 밀려나고, 차선이 될 수밖에 없는 이유는 명백하고 단순하다. 그것은 현실적인 생존 문제들을 해결하는 측면에서 비효용적이고 쓸모가 없었기 때문이다.

버킷 리스트는 살아남기 위해 뒷전으로 밀어놓은 일들, 꿈과 동경으로 남게 된 목록, 즉 가지 않은 길이다. 버킷 리스트는 가지 않았기 때문에 순수하고 이루지 못했기 때문에 아름답다. 어쩌면 버킷 리스트는 없어도 그만인, 먹고사는 일과 무관한 잉여에 지나지 않는 것인지도 모른다. 그러나 생의 합목적성에 함몰돼 낮밤 가리지 않고 달려온 이 삶의 퍽퍽함을, 여전히 내 마음 깊은 곳 어딘가에서 반짝이는 그 이루지 못한 꿈들이 만든 설렘과 기대들로 꿋꿋하게 견뎌내지 않았던가? 지금 버킷 리스트를 적어보자. 그것은 현실에서 유예했던 꿈과 행복을 찾으려는 첫 번째 시도가 될 것이다.

진실에의
용기를 가져라

■
《월든》

봄이 기를 쓰며 겨울을 밀어내는 광경을
느껴 보라
자연은 진실의 힘으로
우리에게 에너지를 전파한다

3월 초입만 되어도 벌써 바람자락이 다르다. 미나리 향내 같은 향긋한 생채의 느낌이 강해진다. 날마다 집 주변을 찾아오는 새들의 개체 수가 늘며 새소리도 시끄럽다. 이 시끄러움은 곧 대지를 해묵음과 죽음의 망각에서 깨우려는 시끄러움일 테다.

어제 저녁에 불현듯 지하수를 틀어 바닥을 꺼멓게 드러내고 있는 연못에 흘려보냈다. 지하수는 밤새도록 흘러나와 마른 연못 바닥을 적시고 차올랐다. 아침에 나와 보니 연못에 물이 출렁거렸다. 물은 마른 식물들과 언 땅의 생명들을 깨운다. 파랗게 돋는 연잎을, 부들 사이를 돌아다니는 붕어와 미꾸라지들을 보고 싶었다.

햇빛이 좋아서 의자를 내놓고 책을 읽는다. 헨리 데이비드 소로의 《월든》이다. 그는 숲속의 사람이다. 그는 물욕과 인습에 젖은 삶을 거부한 채 문명사회를 등지고 숲속으로 들어갔다. 문명을 등진 숲속에서 2년 2개월을 혼자 삼나무처럼 자유인이 되어 사는 동안 많은 것들을 배우고 깨달았다. 그는 "그때부터 고독은 고독이 아닐 것이고 가난은 가난이 아닐 것이며 유약함도 유약함이 아닐 것이다"라고 적었다. 마음을 강건하게 세운 사람에게 고독은 고독이 아니고 가난은 가난이 아니고 유약함은 유약함이 아니다. 그의 책은 속된 삶에 굴복하려는 우리 마음에 용기를 불어넣어 일으켜 세운다.

우리 모두가 알다시피, 가난해서 삶이 힘겹다고 생각하는 사람들이 있다. 말하자면, 그런 사람들은 때때로 숨조차 제대로 내쉬지 못한다. 이 책을 읽고 있는 독자들 중에도 실제로 자신이 먹은 저녁 식사비를 제대로 치르지 못하고, 계속 입어 해진 외투와 구두를 새로 사지도 못하면서, 빌리거나 훔친 시간으로 그러니까 채권자에게 한 시간을 훔쳐 이 책을 여기까지 읽은 사람이 틀림없이 있을 것이다. 여러분 중 많은 사람이 무척이나 초라하고 좀스런 삶을 살고 있을 게 분명하다. 경험으로 갈고닦은 내 눈에는 그렇게 보인다. 사업을 시작해 빚에서 벗어나려 애쓰지만 예외 없이 교도소에 끌려 들어간다. 로마 사람들이 동전을 놋쇠로 만들었던 까닭에 '다른 사람의 놋쇠'라는 뜻의 라틴어 '에스 알리에눔'이라 일컬어진 빚은 아주 오랜 옛날부터 진흙수렁이다. 누구라도 빚을 지게 되면 살아 있어도 죽은 것이나 다름없고 다른 사람의 놋쇠에 묻힌 신세가 된다. 또 항상 빚을 갚겠다고, 내일은 꼭 갚겠다고 약속하지만 빚을 갚지 못해 오늘 죽는 것과 같다. 여러분은 환심을 사려고 애쓰며, 주州교도소에 갈 만한 죄를 제외하고는 온갖 방법을 동원해 고객을 확보하려고 안달한다. 거짓말하고 아첨하며 투표권을 팔고, 예절이라는 호두 껍데기에 갇힌 사람이라는 인상을 주거나 너그러운 사람이라는 분위기를 천박하고 덧없이 풍기면서, 이웃을 설득해 그의 구두와 모자, 외투와 마차를 만드는 일을 맡거나 그의 식료품점에서 팔 물건들을 납품하려고 한다. 이렇게 일을 하다 보면 병이 들 테니까 병들 때를 대비해 돈을 저축하기도 한다. 낡은 궤짝에 숨기거나, 벽토를 바른 벽 뒤의 긴 양말에, 혹은 더 안전하게 벽돌 건물인 은행에 돈을 모아둔다. 장소가 어디든 돈이 많든 적든 상관없다.

헨리 데이비드 소로, 《월든》

소로는 비천하고 영락한 삶의 세목을 꿰뚫어보면서 에두르지 않고 진실로 직격한다. 진실은 봄의 부름을 받고 파릇파릇 돋아나듯 찾아온다. 진실이란 무엇인가? 진실이란 있는 그대로를 있는 그대로 보고 받아들일 수 있는 용기이다. 그 용기가 없기 때문에 사람들은 욕망에 떠밀려가는 삶을 산다. 그들은 자신의 감정을 속이고 자아마저 속인다. 거짓과 피상성으로 덧칠된 그것을 붙잡고 성공에 매달리는 당신에게 부족한 것은 진실이다. 진실에의 용기, 진실을 마주보려는 용기, 진실의 편에 서려는 용기! 진실은 늘 단순하다. 진실은 '나는 누구인가?'라거나, 혹은 '나는 어디에서 무엇을 위하여 살았는가?'라고 묻는 물음 속에 숨어 있다. 진실은 그토록 평범하다. 만약 당신이 스스로에게 한 번도 이런 질문을 던져본 적이 없다면 당신은 진실에의 의지가 없는 삶을 살아왔다는 증거이다.

봄이 겨울에서 깨어나듯
삶을 흔들어 깨워라
진실에 눈을 떠야
봄꽃 같은 삶의 축제를 벌일 수 있다

겨우내 실내에 틀어박혀 움츠리고 있었다. 마음은 진부함에 짓눌려 모호함 속에 있고, 몸은 한없이 무겁고 갑갑했다. 내겐 우주를 불태울 것 같은 갈망 따위는 아예 없다. 그저 책 몇 권을 더 읽고 쓰던 것들을 끝내는 게 꿈의 전부이다. 책을 쓰는 일은 더디고 힘들다. 나는 지지부진한 그것들을 끌어안은 채 거의 죽은 듯 지냈다. 낮이 길어지고 일조량이 늘자 내 안의 생명들이 꿈틀댄다.

겨울에서 봄으로 나아가는 길목에서 모든 생체들은 제 안의 생기生氣가 기지개를 켜고 깨어난다. 동양의 시성 두보는 이렇게 봄을 노래했다. "나라는 망했으나 산하는 여전하고 / 도성에 봄이 오니 초목이 우거졌네"(〈봄을 바라보다〉) 나라가 망한 땅에도 봄은 어김없이 오고, 식물들은 싹을 피워내고 나무들은 잎을 내서 산하를 초록으로 물들인다. 봄의 초목들은 죽은 대지가 깨어난 결과이다. 봄산은 푸르고 다투어 피어나는 봄꽃들은 타는 듯 붉다. 깨어나야 눈을 뜨고 이 봄의 진경을 볼 수 있으며, 보아야만 생명들이 벌이는 신명나는 축제에 함께할 수 있다.

살아 있다고 다 살아 있는 게 아니다. 눈을 뜨고 있다고 다 보는 게 아니다. 조주趙州선사가 장례 행렬을 보고 일갈한다. "시체들이 길게 줄지어 서서는 눈 부릅뜨고 깨어 있는, 오직 하나 살아 있는 사람을 따라가고 있구나!" 선사의 눈에는 장례 행렬을 이룬 산 사람들이 죽어 있고, 오직 죽은 한 사람만 눈 부릅뜨고 깨어 있는 것으로 비쳤다. 일찍이 숲의 철학자가 된 소로도 이렇게 썼다.

> 대부분의 사람이 조용한 절망의 삶을 꾸려간다. 체념은 곧 절망으로 굳어진다. 우리는 절망의 도시에서 절망의 시골로 들어가 밍크와 사향쥐의 용기에서나 마음의 위안을 얻는 수밖에 없다. 진부하지만 무의식적인 절망이 인류의 오락거리와 유흥거리에 감춰져 있다. 이런 기분풀이는 일한 후에나 가능하기 때문에 놀이하는 맛이 없다. 그러나 자포자기한 짓을 하지 않는 것이 지혜의 한 특징이다.
>
> 헨리 데이비드 소로, 《월든》

《월든》을 읽을 때마다 잠든 의식을 깨우려는 선사의 죽비가 어깨를 내리치는 느낌이다. 깨움이란 거창하게 말하자면 견성성불見性成佛에 이르는 것이다. 그러자면 먼저 타고난 본성을 알고 그 안에 머물러야 한다. 사람들은 본성을 잊고 본성에서 멀어진 삶을 산다. 뱀과 새, 고라니와 멧돼지들조차 본성에서 흔들림이 없다. 오직 사람만이 본성을 잊은 채 어리석음 속에서 헤맨다.

6대 조사 혜능은 그 본성에 대해 이렇게 말한다. "진짜 본성은 시련의 와중에도 흔들림이 없으며 깊은 명상과 삼매 속에서도 가만히 있지 않습니다. 진짜 본성은 영원한 것도, 순간적인 것도 아닙니다. 진짜 본성은 오는 것도, 가는 것도 아닙니다. 진짜 본성은 가운데에도, 바깥에도, 안에도 있지 않습니다. 진짜 본성은 태어나지도 죽지도 않습니다." 진짜 본성은 여여如如한 상태에 머문다. 겨울은 필연적으로 본성이 눌리고 침잠하는 계절이다. 마음이 본성을 잊고 엎드리고 있으니 갑갑했던 것이다.

봄이 오면 겨우내 움츠렸던 몸과 마음이 깨어난다. 깨어남은 눈뜸, 활력을 되찾음이다. 해가 높이 뜨고, 땅속에 묻힌 씨앗들은 싹을 틔운다. 봄은 깨움, 즉 생기生起의 계절이다. 봄이 되면 묵은 김치에 진저리를 치고 생것을 찾는 까닭도 거기에 있다. 겨우내 잠들어 있던 미각이 깨어난 것이다. 씨앗들이 움을 틔워 땅 바깥으로 새싹을 내밀고, 개구리들이 깨어나 땅 바깥으로 튀어나오는 것, 그게 깨움이고 생기다.

이렇듯 물은 마른 땅과 식물을 깨우고, 선사는 제자의 어리석음을 깨운다. 잠든다는 것은 깨움의 반대 현상이다. 잠은 마음과 몸으로 하는 활동의 일체 중단이다. 그것은 잠정적인 죽음이다. 한 유대인 철학자는 "잠에서 깨어난 자는 껍질 속의 알처럼 그 자신의 부동성 속에 갇혀 있는 자신을 발견한다"(레비나스)라고 적었다. 알은 생명이되 의미의 존재 이전이다. 껍질을 깨고 나왔을 때 비로소 새라는 의미의 존재로 태어나는 것이다.

깨움은 어깨를 내리치는 죽비의 울림소리와 같이 온다. 깨움은 의식의 발견, 즉 자각自覺이라는 의식의 참여로 이루어진다. 봄은 깨움의 계절이다. 깨움은 사유, 느낌, 의지의 시작점이다. 그래서 봄은 겨우내 잠들었던 만물이 깨어나서 생명의 합창을 부르며 새 삶을 본격적으로 시작하는 계절이다.

제4장

넓어지지 말고, 깊어지는 삶을

매일 한 줌의 희망이 아침이라는 이름을 달고 온다.
소탈한 기도로 하루를 시작하라. 이 하루가 쌓여
마흔의 남은 인생 절반의 길이 되기를. 오후부터 깊어진 사유와,
책의 말과, 꿈들이 모여 이 넉넉한 하루를 빚어낼 것이다.
다시 몸이 풀린다. 다시 제대로 살 시간이다.

촛불을 옮겨주어라

■

《철학하는 일상》

《나무를 심은 사람》

《탈무드》

촛불은 사람들을 가라앉히고
잊고 있던 것을 가만
들여다보게 한다
사람에서 사람으로
작은 촛불을 옮겨주면
그것은 거대한 빛이 된다

외할머니는 밥을 지으실 때마다 쌀을 한 줌씩 덜어 부엌에 있는 작은 항아리에 넣으셨다. 아직 어려서 세상에 대한 분별이 없었던 나는 늘 그게 궁금했다. 여러 번 물었지만 외할머니는 그저 빙그레 웃기만 하셨다. 외할머니는 나중에 대답하셨다. 한 줌씩 모은 쌀로 누군가를 도울 거라고. 먹고 남은 것을 나누는 것이 아니라 내가 먹을 것을 덜어내는 일이 나눔이다. 대개 나누는 사람들은 마음의 부자들이다. 많아서 나누는 게 아니라 나눔으로써 부자가 되는 사람이다.

부는 행복을 보장해주지 못한다. 가난해서 고통 받는 것에 견주면 이점이 있기는 하더라도 말이다. 부자가 되면 행복하겠다는 생각은 구매와 소비를 통해 행복을 얻을 수 있다는 뜻인데, 그것은 행복을 물질적인 것에 가두는 태도에 다름 아니다. 그래서 돈으로 살 수 없는 것이 있다는 평범한 진리를 잊지 않는 게 중요하다. 사실 행복은 돈으로 살 수 없는 것에서 온다. 철학자 에피쿠로스가 기본적인 의식주 이외에 벗과 자유, 사색할 여유를 행복의 조건으로 꼽았다는 것에 주목해보자. 나는 거기에 사랑하는 가족, 의미 있는 일, 가까운 곳에서 즐길 수 있는 자연을 더하고 싶다.

이경신, 《철학하는 일상》

진정한 나눔의 본질은 자기희생이고, 나눔에는 자기를 덜어내는 고통이 따른다. 나눔은 바로 그 고통을 통하여 윤리적 주체로 태어나는 일이다. 나눔의 최고 경지는 자기 자신을 통째로 내어줌이다. 마더 테레사 수녀의 삶이 그렇고, 자기 목숨을 대속代贖의 대가로 내놓은 예수의 삶이 그렇다. 장 지오노의 위대한 소설《나무를 심은 사람》은 한 늙은 양치기의 외로운 노력으로 황무지가 거대한 숲으로 바뀌는 기적 같은 이야기를 들려준다. 사람들이 떠나버린 황무지에 홀로 남아 떡갈나무와 너도밤나무를 심고 가꾼 양치기 노인, 그의 이름은 엘제아르 부피에이다. 아무도 그에게 나무를 심으라고 시키지 않았다. 그는 자발적으로 그렇게 했다. 그것은 위대한 혼과 고결한 인격이 시킨 것이다. 작가는 작중인물의 입을 빌려 이렇게 말한다.

한 사람이 오직 정신적, 육체적 힘만으로 황무지에서 이런 가나

안 땅을 이룩해낼 수 있었다는 것을 생각하면 나는 그 모든 것에도 불구하고 인간에게 주어진 힘이란 참으로 놀랍다는 것을 깨닫게 된다.

장 지오노, 《나무를 심은 사람》

경주 교동의 최부자 가문은 5백여 년 동안 숱한 변란을 거치면서도 꿋꿋하게 부를 유지했다. 12대에 걸쳐 부를 대물림할 수 있었던 비밀은 노블리스 오블리제의 철저한 실천에 있다. 그들은 흉년에는 재산을 늘리지 않는 것을 원칙으로 삼았다. 헐값에 나온 논밭을 사들여 부를 늘릴 수 있었지만 그렇게 하지 않았다. 남의 곤경을 기회 삼아 제 잇속을 늘리는 것은 파렴치한 일인 까닭이다. 오히려 흉년에는 곳간을 열어 가난한 사람들을 도왔다. 그들이 사는 사방 백리 안에서는 굶어 죽는 사람이 없었다. 최부자 가문은 해방 뒤에 전 재산을 영남대학재단에 희사했다.

이렇듯 나눔은 저 혼자 잘 먹고 잘 사는 게 아니라 함께 잘 먹고 잘 사는 것이다. 성공을 거둔 기업가는 부를 사회에 되돌리고, 또 세계의 가난과 불평등이 사라질 때까지 상생하는 길을 찾아야 한다. 해마다 엄청난 기부를 해서 세상을 놀라게 하는 빌 게이츠는 죽기 전까지 재산의 95퍼센트를 사회에 기부하겠다고 공언했다. 나눔의 궁극적인 목표는 상생이다. 최부자 가문이나 빌 게이츠 같은 이들은 나눔을 실천하고, 나눔이 더불어 잘 살 수 있는 방법이라는 것을 증명해 보인 사람들이다.

> 결국 부는 행복의 필요조건도, 충분조건도 아니다. 오히려 현자들은 부가 아니라 가난에 진정한 행복의 길이 있다고 하지 않았는가. 우리가 비록 자발적 가난이라는 이상에는 도달하지 못한다 할지라도, 부자가 아니라도 행복에 이를 수 있다는 지혜는 충분히 가질 수 있다. 그 지혜는 분명 우리를 행복으로 이끄는 나침반이 되어줄 것이다.
>
> 이경신, 《철학하는 일상》

돈이 많다고 행복한 것도 아니고, 가난하다고 모두 불행한 것도 아니다. 오히려 현자들은 '자발적 가난'이 행복의 중요한 조건이라는 사실을 일찍이 깨달았다. 생물학적 욕구를 충족하는 것 이상의 돈과 물질에 매달릴 때 우리는 그것에 얽매여 돈과 물질의 주인이 아니라 그것에 부림을 받는 존재로 전락할 수 있다. 철학자 디오게네스, 성 프란체스코, 간디, 소로 같은 이들이 자발적 가난을 기꺼운 마음으로 받아들인 것도 그런 까닭에서이다.

> 한 개의 촛불로 많은 촛불에 불을 붙여도 처음의 촛불의 빛은 약해지지 않는다.
>
> 《탈무드》

나누면 기쁨과 보람은 커지고 짐과 고통은 반으로 줄어든다. 그래서 나눔은 세상의 어둠을 밝히는 빛이다. 나눔으로써 이 세상의 어둠과 그늘들은 밝아진다. 나눔은 한 철학자의 말을 빌리면 "타인을 위한 볼모"(에마뉘엘 레비나스)가 되는 일이다. 타인의 고통과 짐, 타인의 곤경과 가난을 자발적으로 나눔으로써 그렇게 될 수 있다. 나눔이 도덕적 불감증에서 우리를 깨워 일으킬 때 나눔의 실천은 우리를 고귀한 존재로 만들어준다.

큰 배를 띄우려면 깊어져라

■

《장자》

마흔에는 누구보다
장자를 만나라
무수한 사슬에 매여
무수한 경계를 만들며 살아가는
마흔에게는 장자가 필요하다

장자는 초나라 위왕시대의 사람이다. 기원전 355년경에 태어나 기원전 275년경에 죽은 것으로 추정한다. 장자가 지혜롭다는 소문을 듣고 위왕은 그를 재상에 앉히고 싶어 안달했다. 그래서 장자에게 사신을 보냈는데, 마침 장자는 제자들과 낚시를 하고 있다가 이 사신들을 맞이했다. 장자는 칠원리漆園吏라는 말단 관직에 종사하면서 초야에 은둔하며 가난을 낙으로 삼고 살았던 철학자이다. 나라에서 받는 녹봉으로는 부족해서 식구들이 짚신을 삼아 팔아 연명을 하는 처지인데도, 장자는 사신들의 제안을 거절했다. 진흙탕 속에서 거북으로 살망정 비단옷을 입고 나랏일에 매여 속박당하고 싶지 않다는 게 그 거절의 이유였다.

장자는 요샛말로 하면, 자연주의자요 무정부주의자로 평생을 산 사람이다. 권세와 부귀영화, 문명과 체제, 심지어는 삶과 죽음마저도 지푸라기로 여겼다. 그랬으니 얽매이지 않고 유유자적할 수 있었다. 장자가 마음에 둔 것은 자연에서의 매임 없는 삶이요,

내 것과 네 것을 나누는 사적 소유에 경계가 없는 원시공동체의 삶이다. 장자는 천지만물과 사람의 근본이라고 할 도의 본질과 그 이치에 대한 숙고에 평생을 바친 철학자이다.

우리가 읽는《장자》는 삶과 우주에 대한 한 사상가의 총체를 담은 책이다. 우리 삶을 두루 비춰보고 성찰하게 만드는 동양의 지혜를 모은 고전이다. 무수한 사슬에 매여 무수한 경계를 만들며 살아가는 마흔은 장자를 만나야 한다.

물고기가 새로 변해서 북쪽 바다에서 남쪽 연못으로 날아갔다는 우화를 담은《장자》의 첫 장 〈소요유〉의 첫 대목은 널리 알려진 얘기다. 큰 물고기 '곤'과 큰 새 '붕'의 이야기는 장자가 지어낸 우화이다. 곤은 붕에 대한 타자가 아니다. 곤이 변하여 붕이 된다. 이것이면서 저것인 세계가 곧 장자의 세계이다. 이것과 저것 사이에는 '화이위조化而爲鳥'의 '화化'가 있다. 이것이 저것으로 되기 위해서는 생명의 내재적 질서의 변화가 필요하다. 이것은 변화의 가능성을 타고 오르며 저것으로 '화化'한다. 저것은 본디 이것에서 말미암고, 따라서 이것과 저것은 상호작용하며 공존한다. 곤과 붕은 서로에 대해 타자이면서 동시에 동일자이다. 이것은 저것의 작용으로 존재하니, 이 둘은 하나이며 둘이고 둘이며 하나인 것이다.

곤이 변하여 붕이 된 새는 바람을 타고 구만리 상공을 난다. 붕의 날아감에는 한 치의 망설임도 부자연스러움도 없다. 바람의 기운을 올라타서 공간의 제약을 넘어선 붕은 그 날갯짓에 거침이 없다. 바람은 생기와 활력의 표상이다. 붕은 구만리 상공을 유유자적 날아간다. 이때 붕은 사소함의 굴레와 경계들을 단 한 번에 뛰어넘어 대자유를 누리는 자의 꿈을 표상한다.

유유자적한 삶의 근본은
가볍게 부유하는 것이 아니라
수면 아래로 깊어지는 것이다
큰 배를 띄우기 위해서 우리는
자꾸만 더 깊어져야 한다

장자는 유머 감각이 뛰어난 사람이다. 개그맨 기질을 타고났다. 장자는 우화寓話와 우언寓言으로 제자들을 가르쳤는데, 그 우화들은 재기발랄하고 핵심을 꿰뚫는 우스개 이야기이다. 장자는 제자들에게 심각한 철학 강의를 늘어놓은 적이 없다. 장자는 고매한 지식과 형이상학적 인식을 담은 철학 담론보다는 그저 농담을 나누고 우스개 이야기를 했다. 아울러 그 당시 유행하던 사상가들의 생각을 거침없이 끌어다 해체하고 비틀었다.

흔히 장자는 노자와 견주어지는데, 두 사람 사이에는 분명한 차이가 있다. 노자가 도의 근원과 본질이 무엇인가에 천착한다면 장자는 노자를 포함한 저보다 앞선 사상가들의 생각을 끌어안으며 그것을 딛고 앞으로 나아간다. 노자가 도를 도라고 말할 때 그것은 이미 도가 아니다, 라고 했다면, 장자는 물고기가 변하여 새가 되고, 새는 바람을 타고 바다로 간다고 말한다.

> 물이 깊지 않으면 큰 배를 띄울 힘이 없다. 마당 웅덩이에 술잔의 물을 부으면 겨자씨로 배를 만들어야 한다. 술잔을 띄우면 붙어버릴 것이니 물은 얕고 배는 크기 때문이다. 마찬가지로 대기가 깊지 않으면 대붕도 큰 날개를 띄울 힘이 없다. 그러므로 구만리의 바람이 발아래에 있어야만 바람을 탈 수 있다. 푸른 하늘을 등에 지고 막힘이 없어야만 장차 남쪽으로 날아갈 수 있다.
>
> 《장자》, 〈소요유〉

하늘에 드리운 구름같이 커다란 날개를 가진 대붕은 제 날개의 힘만으로는 날지 못한다. 대붕이 구만리 상공으로 치솟아 날기 위해서는 큰바람이 있어야 한다. 물이 깊지 않으면 큰 배를 띄울 수 없다. 작은 새는 작은 바람을 타고 날아오를 수 있지만 대붕은 큰 바람이 일어야만 날 수가 있다.

하물며 큰 인물은 어떠하랴. 대자유를 누리는 큰 인물은 타고난 바 현실 조건을 뛰어넘는 자이며, 그 현실 조건을 뛰어넘을 때 따르는 시련과 수난을 극복하지 못한다면 대자유인도 있을 수 없다. 장자의 자유, 유유자적한 삶을 이해하고 큰 사람이 되기 위해 우리는 더욱 깊어져야 한다.

노자가 본질을 논한다면 장자는 그 활용을 말한다. 장자는 노자가 말한 도의 본질에서 한 걸음 더 나아가 자유롭게 노닐기 위해 변화와 초월을 강조한다. 당대의 법과 강령들에 마음이 묶일 때 마음은 생기와 신명을 잃고 실존의 조건에 노예와 같이 무릎을 꿇는다. 매미나 비둘기 새끼는 붕의 마음을 알지 못했기에 멀리 날아가는 붕을 비웃는다. "내가 결심하고 한번 날면 느릅나무와 빗살나무까지 갈 수 있다. 어쩌다가 가끔 이르지 못하여 땅에 곤두박질할 때가 있지만 무엇 때문에 구만리 창공을 날아 남쪽으로 간단 말인가?"(장자, 〈소요유〉) 매미나 비둘기 새끼가 실존의 조건에 굴종하는 일상인의 표상이라면 붕은 대자유인의 표상이다.

장자는 매미나 비둘기 새끼처럼 타고난 바 현실에 안주하지 말고 붕이 되어 멀리 나아가라고 이른다. 붕은 묶임이나 매임이 없으니 변화와 초월의 바람을 타고 나아간다. 물고기로 머물지 말고 새로 변하여 바람을 타고 나아가라! 붕은 큰바람을 타고 높은 하늘을 날고, 큰 배는 큰물을 타고 먼 바다로 나간다. 바람이 충분하지 못하면 큰 날개는 공중으로 날아오를 수 없다. 붕은 큰바람을 타야만 비로소 공중으로 날아오른다. 바람을 탄다는 것, 이것이 변화요 초월의 흐름을 자연스럽게 타는 것이다. 우리말로 바꾸자면 신명나는 삶을 사는 것이다.

장자는 스스로 저만의 철학을 창안하기보다는 이미 알고 있는 것들을 실천하는 방법, 그 활용과 양생의 활법을 더 많이 궁구한 사상가이다. 장자 철학은 어떻게 이것저것에 매인 자기를 넘어서서 유유자적하는 삶을 살 것인가에 맞춰져 있다. 사람들은 이것과 저것을 분별하고 그 마음은 분별지에 머문다. 분별지에 머문 마음은 변할 줄 모르는 굳은 마음이다. 분별심이 있을 때 반드시 시비를 따지는 일이 생긴다. 장자는 이것과 저것의 분별을 뛰어넘는 마음을 성인聖人의 마음이라고 했다.

그렇지만 사람이 어떻게 선악, 미추, 우열, 귀천, 이로움과 해로움 등을 분별하지 않고 살 수 있는가?

> 지인至人은 신령스럽다. 큰 늪지가 타올라도 뜨거운 줄을 모르고, 황하와 한수가 얼어붙어도 추운 줄을 모르고, 사나운 벼락이 산을 쪼개고 바람이 불어 바다를 뒤흔들어도 놀라지 않는다. 이런 사람은 구름을 타고 해와 달에 올라 사해四海 밖에 노닌다. 그에게는 삶과 죽음마저 상관이 없는데, 하물며 이로움이니 해로움이니 하는 것이 무엇이겠느냐?
>
> 《장자》, 〈제물론〉

이것과 저것 어느 한편에 머무는 것은 분별과 대립에 마음을 묶는 것이다. 그 둘을 다 포용하며 넘어설 때 비로소 유유자적할 수 있다. 그래서 다른 사상가들의 생각이 인위적이고 부자연스러움을 드러낼 때일수록 장자의 풍자와 해학은 더욱 빛난다.

숲과
가까이에서 살라

■

《성찰》

《월든》

숲은 사람을
자연으로 만든다
그 속에서 우리는
보다 뿌리에 가까운 것을 돌아보고
보다 울창한 것을 꿈꿀 수 있다

가끔 돗자리와《당시전집》을 옆구리에 끼고 녹음이 짙은 숲속으로 들어간다. 서늘한 기운이 온몸을 감싼다. 매미 울음소리가 쩡쩡 울리는 숲속은 햇볕이 쨍쨍 내리쬐는 저 바깥보다 온도가 몇 도는 더 낮다. 울울창창한 숲속의 오후는 매미소리로 한결 생기를 얻는다. 바람이 잘 드나드는 명당자리에 돗자리를 펴고 앉아《당시전집》을 뒤적인다.

그 한가로움이 뼛속에 사무칠 때 문득 이렇게 살아도 되는 것인가 하는 회의가 깃들기도 한다. 온갖 욕망과 성공에의 꿈, 열띤 경쟁으로 세상은 바쁘게 돌아가는데, 격절된 숲속에서《당시전집》이나 뒤적이는 자신이 초라하고 한심하게 여겨진다. 세상은 앞서가는데, 나만 뒤처진 것은 아닌가. 한가로움이 와락 초조함으로 바뀌는 찰나이다. 낙오자의 열패감이 의식을 옥죄고 두려움이 덮친다. 허나 근심은 잠시뿐이다. 양量의 유혹과 중독에서 벗어나 보자면, 자발적 가난이란 오히려 낭비를 정화하는 삶의 방식이 아닐까? 가난하니 숲속에서 무엇에도 구속받지 않는 자유와 한가로움을 즐길 수 있는 것이 아닌가.

내 경험에 비추어보자면, 사람은 숲에 있을 때 사색인으로 변신한다. 숲은 드물게 진지한 사색이 이루어지는 장소이다. 토머스 칼라일의 사색도 숲속에서 이루어진 것은 아닐까? 그는 두 종류의 사람을 존경한다고 썼다. 첫째, 흙으로 만든 도구로 땅을 일구고 그것을 인간의 것으로 만드는 늙은 사람들. 그들의 거친 손에는 노동의 미덕과 고귀함이 서려 있다. 둘째, 고결한 영혼을 위해 노력하는 사람, 일용할 빵이 아니라 생명의 빵을 위해 애쓰는 사람.

사람은 노동으로 먹고사는 것과 같은 생물학적 필요를 구한다. 노동은 삶을 유지하는 한 방편이지만, 그것에서 의미, 형상, 가치로 바꿀 수 있는 내적 동력을 찾지 못한다면 노동은 비천한 고역에 지나지 않는다. 먹고사는 것도 중요하다. 하지만 그것의 의미를 사유하고 통찰하는 내적 활동도 그만큼 중요하다. 노동을 삶의 의미, 형상, 가치로 바꾸는 게 문화의 동력이고 예술의 위대함이다. 우리가 시집을 읽고, 음악을 듣고, 철학을 공부하고, 종교를 구하는 것도 그런 까닭에서이다. 사람이 예술·철학·종교에 심취하는 것은 무지나 무감각, 인습과 고정관념을 넘어서서 삶을 깊이 보고 통찰하는 지혜를 얻고 보다 높은 인간의 가능성을 실현하기 위함이다.

> 앙드레 지드의 젊은 날의 글에, 인생의 진로를 선택하는 것은, 제한된 돈으로 시장에서 물건을 사려는 데 하나를 사면 다른 것을 사지 못하는 것과 같아서, 그에게 한없는 망설임을 주었다는 것이 있다. 삶의 선택은 불가피하다. 그러나 동시에 그것이 삶의 가능성을 좁히는 의미도 가지고 있음을 잊지 않는 것은 중요한 일이다.
>
> 김우창, 《성찰》

스물여덟 살 난 청년이 숲속으로 들어가 혼자 살았다. 그 뒤 호숫가 숲속 오두막에서 홀로 살아가는 얘기를 한 권의 책으로 엮었다. 헨리 데이비드 소로의 《월든》이 그 책이다. 소로는 하버드 대학을 나온 뒤 가업인 연필제조업과 교사 따위의 직업을 가졌다. 허나 그의 관심사는 정직한 삶, 자연과 더불어 사는 삶의 의미에 대한 탐구였다. 그는 문명세계를 등지고 숲으로 들어가 오두막집을 짓고 혼자 살았다.

> 나는 숲으로 갔다. 천천히 살며 오직 삶의 본질만 마주하고 삶이 내게 가르쳐준 것 중에서 배우지 못한 것은 없는지 살펴보기 위해서, 마침내 죽게 되었을 때에야 제대로 살지 않았다는 것을 깨닫지 않기 위해서 나는 숲으로 갔다.
>
> 헨리 데이비드 소로, 《월든》

그가 숲속 오두막에서 2년 2개월간 살며 얻은 것은 온전한 고독이고, 그는 고독보다 더 다정한 벗은 결코 알지 못한다고 적었다. 그가 원했던 것은 삶의 정수를 빨아들이며 깊이 있게 사는 삶이다.

소로는 아침에 일찍 일어나 호수에서 목욕을 했다. 그것은 날마다 자신을 새롭게 하라는 다짐을 새기는 매우 신성한 종교적 의식이었다. 아울러 아침은 생명을 갖고 움직이는 모든 살아 있는 것들에게 지혜와 활력을 주는 시간이다. 아침은 영웅들의 시대를 되살려내는 감동적인 시간이다. 숲속에서 맞는 아침은 살아 있는 것의 기쁨과 생명의 활력이 앙양되는 시간이다. 소로는 이른 새벽에 희미하게 앵앵거리는 소리를 내며 집안을 헤집고 다니는 모기소리에도 어떤 나팔소리 못지않은 큰 감동을 받는다고 썼다. 모기소리는 "이 세상의 변함없는 생장력과 생식력을 금지당할 때까지 알리려는 지속적인 광고"라는 것이다. 이른 새벽의 모기소리에도 감동을 받는 소로가 열렬한 아침 예찬론자가 된 것은 당연한 일이다.

> 아침은 하루에서 가장 기억에 남는 시간이며 잠을 깨는 시간이다. 우리는 아침에 가장 덜 졸립다. 밤낮을 가리지 않고 항상 잠을 자는 우리 몸의 어떤 부분도 아침에는 적어도 한 시간 정도 깨어 있다. 우리가 천분天分에 의해 깨지 않고 하인이 기계적으로 살짝 건드려주는 덕분에 잠을 깬다면, 또 새롭게 얻은 힘과 내면의 열망 및 거기에 동반되는 천상의 굽이치는 음악과 대기

를 가득 채운 향기에 의해서가 아니라 공장의 종소리에 잠을 깬다면, 우리가 그날 기대할 수 있는 것은 거의 없다. 적어도 우리가 잠들었던 전날보다 더 고귀한 삶을 살게 될 거라고 기대하기는 힘들다. 따라서 어둠도 열매를 맺으며, 빛 못지않게 소중한 것이라는 사실이 입증된다. 하루하루에 자신이 아직 더럽히지 않은 더 이른 더 신성한 새벽의 시간이 있다는 걸 믿지 못하는 사람은, 삶에 대한 희망을 버리고 어둠에 싸인 내리막길을 걷는 사람이다. 감각적인 삶을 부분적으로라도 중단하면 영혼은 물론이고 신체기관까지 매일 활력을 되찾고, 그로써 그의 천분은 한층 고결한 삶을 다시 시도하게 된다. 분명히 모든 기억할 만한 사건은 아침 시간과 아침의 대기에서 일어난다.

헨리 데이비드 소로,《월든》

아침은 날것으로 주어지는 축복이다. 아침이 더 이상 행복하지 않은 사람은 이미 반쯤은 죽은 사람이나 마찬가지이다. "모든 기억할 만한 사건"은 아침 시간에 일어난다. 나는 숲속생활에서 진정한 삶의 정수를 경험했다는 소로의 선택을 지지하고 그의 사유를 따른다. 무덥다고 이 여름을 빈둥거리며 지낼 수는 없다. 더 생동하는 삶을 살고자 한다면, 올여름엔 숲속으로 여행을 떠나자. 숲에서 더위로 지친 심신을 달래고, 삶에 대해서 깊이 있는 사색을 해보자.

사소하고 위대하게 일하라

■

《안도 다다오의 도시 방황》

《바다의 편지》

《일의 기쁨과 슬픔》

일이 더 이상 업이 아니라면
일로써 우리는 얼마나 행복해질 수 있을까
그렇다면 밥벌이는 사소하게 하고
즐거운 일거리는 위대하게 품으면
삶이 좀 더 행복해지지 않을까

안도 다다오는 고등학교만을 졸업하고 독학으로 세계적인 건축가로 성공한 사람이다. 한때는 아마추어 복싱 선수생활을 하기도 했다. 젊은 시절 그는 여행에 탐닉했다. 그는 여행을 하며 전 세계 도시들을 돌아다니고, 길과 골목들을 수없이 헤매고, 이름난 건축물들을 돌아보았다. 그는 말한다. "생각해보면 내 인생 또한 여행이었다. 전문적인 교육을 받지 못한 채 건축을 지향한 나날은 긴장과 불안 속에서 낯선 땅을 홀로 헤매는 여정과 같았다"라고.

그는 왜 건축가가 됐는가? 라는 질문에 두 가지의 답변을 내놓는다. 첫째는 그 일이 "인간을 알기 위한" 수단이라는 것. 둘째는 "사회와 불화하지 않는 유일한 방법"이라는 것. 일은 단순히 생계를 꾸리기 위해 필요한 돈벌이의 수단이 아니다. 일은 즐거움을 주면서 허무와 공허에서 벗어나게 만들며 동시에 돈벌이 수단 이상의 의미를 가져야 한다. 그래야만 일이 우리 인생을 의미 있게 만들 수 있다.

> 왜 건축가가 됐는가. 이런 질문을 받을 때가 있다. 이 질문에 답하기란 참으로 어렵다. 언제부터 건축가에 뜻을 뒀는지조차 기억을 더듬어보면 흐릿하다. 허나 적어도 이 말만은 할 수 있다. 내게 건축이란 인간을 알기 위한 하나의 장치라는 것. 그와 동시에 한 사람의 인간으로서, 지구에 거주하는 일원으로서 사회와 불화하지 않는 유일한 방법이라는 것.
>
> 안도 다다오, 《안도 다다오의 도시 방황》

이 세상에는 수만 가지의 일들이 있다. 그 일들 중에서 자기의 적성에 맞는 일을 찾는 게 중요하다. 소설가 최인훈은 "자기가 타고난 혹은 길러진 욕망의 가장 큰 부분을 무시하고 인생을 설계하면 그 사람은 반드시 인생을 망치게 되고 한을 남기게 된다"(《바다의 편지》)고 말한다. 자기가 무엇을 좋아하고 어떤 것을 잘하는지를 꼼꼼하게 따져보고 일을 선택해야 한다. 일의 선택에서 성공을 거둬야만 인생을 망치지 않을 수 있으니, 그게 지혜이다.

누군가는 천체망원경으로 별들을 들여다보고, 누군가는 종일 텔레비전의 프로그램들을 들여다본다. 누군가는 물건을 팔고, 누군가는 국수를 뽑는다. 일은 그 자체로서 평등하다. 하지만 한 치과의사가 병원을 접고 우동집을 냈다는 기사를 읽을 때 나는 즐겁다. 대기업에 다니던 사람이 가족을 이끌고 농사를 짓기 위해 귀농했다는 소식을 들었을 때도 기쁘다. 그것은 제 몸에 맞지 않는 옷을 벗고 제 몸에 맞는 옷을 찾아 입는 것과 같다.

가장 나쁜 일은 쉽게 돈 버는 일이다. 노동량이나 수고에 견줘 넘치게 보수를 받는다는 것은 사회의 공정성을 해치는 일이다. 대개는 남에게 돌아갈 몫을 더 차지하는 것이다. 최악의 일은 남을 기망하거나 사회 정의에 어긋나는 사람의 이익을 돌보면서 돈 버는 일이다. 반면에 좋은 일들은 아픈 사람을 돌보는 일, 주린 사람에게 음식을 만들어주는 일, 집 없는 사람을 위해 집을 짓는 일, 사회적 약자의 이익을 돌보는 일, 그림을 그리고 동화를 쓰는 일 따위이다. 사람이 살아가는 데 꼭 필요한 일들은 그 자체로 숭고하고 보람된 것이다.

> 우리의 과학기술이 아무리 강력하고 우리 회사들이 아무리 복잡하다 해도 현대의 일하는 세계의 가장 주목할 만한 특징은 결국 내적인 것으로서 우리 정신의 한 측면을 구성하고 있는지도 모른다. 그것은 바로 일이 우리를 행복하게 해주어야 한다는 널리 퍼진 믿음이다. 일을 중심에 둔 것은 어느 사회나 마찬가지였다. 그러나 일이 형벌이나 속죄 이상의 어떤 것일 수도 있다고 주장한 것은 우리가 사는 사회가 처음이다. 경제적인 필요가 없어도 일은 구해야 한다고 암시하는 것도 우리 사회가 처음이다. 직업 선택이 우리의 정체성을 규정한다고 생각하기 때문에 새로 사귀게 된 사람에게도 어디 출신이냐, 부모가 누구냐 묻는 것이 아니

라 무엇을 하느냐고 묻는다. 의미 있는 존재가 되는 길로 나아가려면 보수를 받는 일자리라는 관문을 반드시 통과해야만 한다는 가정이 깔려 있는 것이다.

알랭 드 보통,《일의 기쁨과 슬픔》

일 자체에서 보람과 즐거움을 찾을 수 있는 천직을 찾는 게 중요하다. 남들이 어떻게 보든 자기 일에서 보람과 신명을 찾는다면 그게 바로 천직이다. 보수가 많은 일보다는 보람이 많은 일들을 찾으려는 젊은이들이 많은 사회가 건강한 사회이다. 반대로 보람이나 즐거움보다는 단지 보수가 많은 일들을 찾는 젊은이들이 많은 사회는 건강하지 않은 사회이다. 그런 사회는 필연적으로 경쟁이 치열하고 여유가 없이 척박할 것임에 틀림없다.

젊은 시절 한때 험한 일도 했지만 그 기간은 짧았다. 내가 찾은 천직은 글 쓰는 일이다. 그 일을 40년 가깝게 하고 있다. 나는 많은 책들을 읽고 많은 여행을 하면서 책들을 구상하고 그것들을 쓴다. 책을 내고 책이 팔리는 만큼 출판사에서 인세를 받는다. 그것으로 쌀을 사고 공과금과 국민연금을 내고 자식들을 키웠다.

대개는 내가 하는 일에 만족했지만 아주 가끔은 남몰래 새로운 일을 찾아 전업을 꿈꿔본 적도 없지 않다. 생계비를 벌어야 한다는 압박감에서 자유로워지면 가구 만드는 일을 해보고 싶다. 공방을 만들고 갖가지 도구들을 한쪽 벽에 가지런히 걸어두고 가구를 만드는 일은 상상만 해도 가슴이 설렌다. 가구를 만들고 사람들이 공방을 찾아와 그 가구들을 구경하고 사가는 것이다. 앞으로 나는 전업에 대해 진지하게 생각해볼 것이다. 아마 글 쓰는 일을 조금 줄인다면 두 가지 일을 함께 할 수도 있으리라.

잔꾀를
부리지 마라

■

《인생사계》

《우리는 무엇이 될 수 있는가》

잔꾀는 일시적으로 편리하나
화를 잠복시키는 것이다
사람 사이에 꾀를 부리면 관계도, 삶이도,
괜찮아지지 않는다

초등학교 때의 일이다. 몇 사람씩 조를 짜서 돌아가면서 교실 청소를 했다. 어느 날 청소 차례가 돌아왔는데, 아이들 몇 명이 달아났다. 남은 아이들도 불만에 찬 소리를 쏟아붓고 청소도구를 집어던졌다. 결국 그날 아이들은 아무도 청소를 하지 않고 다 달아나 버렸다. 지각이 모자랐던 나 역시 찜찜해하면서도 도망가는 아이들 틈에 끼어버렸다. 막상 이튿날 아침이 되니 걱정이 되었다. 그런데 교실이 아주 깨끗했다. 알고 보니 선생님이 청소가 돼 있지 않은 걸 보고 손수 청소를 하신 것이다. 한동안 나는 잔꾀를 부린 것에 대해 수치심을 느꼈다.

> 잔꾀를 부리는 사람은 불성실하게 되고 모든 일에서 지름길을 찾고자 하며 그 어떤 고생도 하려 하지 않는다. 어떤 일을 끝까지 견지하지 못하는 사람도 이와 비슷하다. 그들은 의지가 박약하기 때문에 자신의 이상을 실현할 수 없다. 한편으로는 향락을 누리고자 하고, 다른 한편으로는 도를 닦고자 하며 본인은 두 가

지 모두 잘할 수 있다고 자신하지만 결국은 항락도 도 닦기도 모두 실패한다.

자오유열,《인생사계》

그러니까 청소의 책임을 저버리고 달아난 어린 시절, 나는 힘든 일을 모면하고자 나름 잔꾀를 부렸다. 살아가면서 잔꾀란 실로 인생에 도움이 되지 않는다는 사실을 거듭 깨달았다. “잔꾀로 일시적인 편리를 도모할 수는 있지만, 그것은 화를 잠복시키는 것으로, 장기적으로 백해무익하다.”(《인생사계》) 더 기억에 남는 것은 선생님이 도망간 어린 제자들의 철없는 행동을 크게 꾸짖지 않은 사실이다. 그 시절에는 이유를 알 수 없었고 다만 꾸중을 듣지 않고 체벌을 받지 않은 것에 대해서만 좋아했다. 선생님은 책임을 다하는 것이 무엇인가를 우리에게 몸소 보여주셨다는 사실을 나중에야 깨달았다.

베트남이 패망하는 절체절명의 순간 한 외교관은 자국민들을 안전하게 탈출시키는 일에 동분서주했다. 그는 마지막으로 남은 부녀자들을 보내고 정작 자기는 그 나라에서 빠져 나오지 못했다. 마지막 헬리콥터에 그가 탑승한다면 대신에 누군가 남아야 했다. 결국 그가 남았고, 그는 적국의 포로로 잡혔다. 그는 공산화된 베트남의 감옥에서 가축과 같이 비참하게 몇 년을 보낸 뒤에야 풀려

날 수 있었다. 그는 감옥에서 보낸 아까운 인생의 몇 년을 후회하지 않았다. 왜냐하면 그는 외교관으로서 자국민의 신변을 보호할 책임을 다한 것이기 때문이다.

> 과대망상에 빠진 만물박사, 거드름쟁이, 헛똑똑이, 이것이 인간의 현 모습이다. 우리는 이보다 훨씬 더 괜찮은 사람이 될 수도 있었을 것이다. 인간은 사회적 동물이지만 동시에 외톨이이기도 하다. 전쟁꾼이면서 평화중재자이고, 베풀면서 빼앗아 가고, 파괴하면서 재건하고, 풍요 속에 있으면서 빈곤하고, 행복하면서도 절망하고, 구도자이면서 찾기를 단념한 이가 바로 우리 자신이다. 또 호기심이 많지만 발견의 기쁨을 상실한 자, 단 몇 시간 내에 아름다운 지구 전체를 활활 타오르며 폭발하는 지옥의 불덩어리로 탈바꿈시킬 수 있는 유일한 생명체이기도 하다. 뿐만 아니라 지구를 살아 있게 하고 삶에 필수적인 것들을 지구로부터 야금야금 빼앗아 가는 유일한 존재가 우리 인간이다.
>
> 게랄트 휘터, 《우리는 무엇이 될 수 있는가》

사람은 더불어 사는 존재이다. '나'로서 존재할 때조차 '우리'로서 책임을 다해야 하는 경우가 많은 게 사람이다. 타자의 이익을 구하는 경우, 그 일은 대개는 책임의 형태로 주어진다. 더러는 타자에 대한 윤리적인 책임과 의무를 다해야 할 때가 있다. 우정과 연대감으로 타자에게 이익이 되는 일에 책임을 다하는 사람은 아름답다. 책임을 다하는 사람들로 이루어진 조직은 틀림없이 평화롭고 능률적이다. 그렇지 못한 조직은 한마음이 되지 못하고 모래알과 같이 흩어진다. 감당해야 할 자리가 다르고 일도 제각각이지만 주어진 일에 책임을 다할 때 제 양심을 거리낌 없게 만들고, 누군가에게 이익이 돌아가는 결과는 하나이다. 내 책임을 다하지 못한다면 나와 남이 함께 불편해진다. 인류 공동체가 번영을 이룬 것은 맡은 바 직분에서 묵묵하게 책임을 다하는 사람들이 있었기 때문이다. 저마다 하는 일은 달라도 자기 일에 책임을 다하는 사람들의 마음이 곧 부처이다. 부처들만 모여 사는 사회가 곧 극락정토요, 유토피아이다.

가끔은 예술가의 삶을 참조하라

■

《너무 낡은 시대에 너무 젊게 이 세상에 오다》

《맹자》

무리와는 다른 방식으로
단독자의 삶을 꾸리고
이를 하나의 본질로 고착시키는 사람들,
그들의 삶을 참조하면
쉽게 감염되지 않고
오히려 타인의 삶을 감염시킬 수 있다

예술가들은 고요와 고독을 좋아하는 족속들이다. 관습에 길들여진 '개'들의 세상에서 끝끝내 길들여지기를 거부하는 '늑대'로서 살아가는 자들이 바로 예술가이다. 그들은 무리와는 다른 방식으로 단독자의 삶을 꾸리고, 그런 삶의 태도를 하나의 본질로 고착시키는 재능을 보인다. 그들은 무리에서 내쳐지는 것을 감사해하고 불행을 지복으로 삼는다. 우리가 배워야 할 것은 무리에 감염되지 않는 것, 오히려 단독자로서 무리를 감염시키는 바로 그 재능이다.

한때 붓을 들고 화폭에 무언가를 그려보는 취향에 스스로를 방목하기도 했지만, 내 재능의 졸렬함에 두 손을 들고 말았다. 그 뒤론 감상자로서의 즐거움만을 만끽하기로 결심한 바 있다. 내 마음을 깊이 끄는 것들은 권진규의 〈붉은 가사를 걸친 자소상〉, 베르메르의 〈진주 귀고리를 한 소녀〉, 캐테 콜비츠의 〈자화상〉, 조선 선비

윤두서의 〈자화상〉 등이다. 이것들을 마주하면 내 존재 자체가 투명해지는 느낌을 받곤 한다.

이 작품들은 그 소재와 규모가 수수하고 소소한데, 이것들을 이어주는 공통점은 고독이다. 몸을 받아 세상에 태어난 자들은 본질적으로 다 고독하다. 대개 사람들은 그 고독을 내면에 숨긴 채 살아간다. 그러나 이 작품들에서 생명 개체의 내면에 응어리진 고독은 기어코 바깥으로 나와 얼굴 표정으로 응결된다. 화가들은 그 순간을 붙잡아 하나의 작품으로 완성했을 테다. 이때 내면의 깊은 고요 속에서 빚어지는 고독은 생명의 한 본질로 여겨진다. 나는 고요와 고독을 분별하는 일이 어렵다.

> 그는 분명 병들고 '시든 남자'였다. 약물 중독, 폐결핵, 알코올 중독이 그의 길지 않은 삶의 뒷부분 반에서 핏기를 앗아가버렸고, 네 번의 자살 기도와 숱한 자기 방기가 가뜩이나 지치고 쇠락한 그의 삶을 더욱 절룩거리게 했다. 그러나 동시에 그는 또한 '무서운 혼의 사내'이기도 했다. 그는 마치 소년 다윗처럼 단신으로 문학이라는 돌팔매 하나로 무장하고 나서서, 세상의 모든 악덕, 위선, 어리석음, 낡고 부패한 가치들에 맞서 자신의 전 존재를 불사르며 혹은 피 흘리며 그 투쟁의 결과들을 기록했고 마침내 그 투쟁의 장에서 산화했다. (…) 〈비용의 처〉 같은 탁월한 단편들과 〈사양〉〈인간실격〉 같은 중·장편들로 일본 문학사의 한 획을

그었으며, 전후의 폐허 위를 방황하던 청년들의 정신적 지주로, 이른바 '무뢰파'의 기수로 추앙되었던 일본의 소설가 다자이 오사무가 바로 그다.

박명욱, 《너무 낡은 시대에 너무 젊게 이 세상에 오다》

일본 작가 다자이 오사무는 대지주의 아들로 태어났으나 시대에 섞이지 못한 채 겉돌고 연이어 자살 기도를 한다. "어른이란, 배반당한 청소년의 모습"이라고 스스로 썼듯이 그는 끝내 어른이 되지 못한 채 방황하며 낭만적 퇴폐를 일삼은 예술가의 한 전형을 보여준다.

다자이 오사무와 조각가 권진규를 한 줄에 놓고 견주는 것은 마땅치 않은 일일지도 모른다. 두 사람은 태어난 나라도 다르고, 예술 장르도 다르고, 삶의 배경도 다르다. 하지만 예술가의 고독을 처절하게 안고 있었다는 것, 그리고 끝내 자살로 생을 마감했다는 점에서 견주고 싶어진다. 어쩌면 그들은 지나치게 순결한 영혼들이었기에 더러운 시대에 섞이지 못하고 불화했던 것은 아닐까? 그들이 감당해야 했던 처절한 고독은 바로 그 시대와의 불화로 인해 지불해야 했던 대가가 아니었을까?

고독과 병고에 지쳐 끝내 자살이라는 극단적인 선택을 한 조각가 권진규의 〈붉은 가사를 걸친 자소상〉을 처음 보았을 때 숨이 턱

막히는 듯했다. 삭발한 민머리에 붉은 가사를 걸친 채 저 먼 곳을 응시하는 주체의 고독이 장엄한 인격의 한 표출로써 보는 사람을 압도하는 까닭이다. 어깨에서 내려와 한쪽 가슴을 덮은 붉은 가사는 세속과의 견고한 단절을 암시한다. 그 단절 위에서 응결된 표정의 담담함은 삿된 욕망의 포박에서 풀려나 자유를 얻은, 그리고 사사로운 삶의 고통을 넘어서서 절대의 숭고함, 혹은 달관의 평화에 가 닿은 자의 내면을 드러낸다. 아마도 그것은 일본인 아내와 타의에 의해 이혼하고, 한국 화단의 냉담과 몰이해 속에서 작업을 이어가던 권진규가 제 불우함을 내면화한 데서 빚어진 고독일 것이며, 삶에 대한 그윽한 통찰에서 나온 슬픈 결론일 것이다. 나는 〈붉은 가사를 걸친 자소상〉에 고스란히 드러나 있는 그의 고독을 지지하고 응원한다. 이것은 고독의 피고被告를 자처한 예술가의 내면을 보여준다. 그는 꿋꿋하게 그 고독을 회피하지 않고 정면으로 응시하며 그것을 넘어가고자 한다.

> 하늘이 내게 중대한 임무를 내려주시기 전에 먼저 반드시 내 마음과 뜻을 괴롭게 하고, 내 뼈와 근육을 힘들게 하며, 내 몸과 살을 주리게 하고, 내 몸을 궁핍하게 하여 하고자 하는 일을 어렵고 힘들게 만들어서 내 마음과 본성을 단련시켜 내가 하지 못했던 역량들을 더욱 증진시켜준다.
>
> 《맹자》, 〈고자하〉

동양의 현자는 시련과 역경들이 마음과 본성을 단련시켜주려는 하늘의 뜻이라고 헤아렸다. 불로 달궈지고 망치질로 단련되어 탄생하는 보검寶劍들이 그렇듯이 예술가들 역시 시련과 역경이라는 단련을 거쳐서 제 역량의 정점에 도달한다. 조각가 권진규도 그런 예술가 중의 한 사람이다. 서른 몇 해 전 권진규의 작품을 처음 만났는데, 그때의 전율은 지금도 생생하다. 여전히 나는 그의 테라코타들을 좋아한다. 그의 작품들이 전시될 때 빠지지 않고 전시장을 찾거나, 그의 화집을 즐겨 들여다보는 것은 그 작품이 마음에 일으키는 즐거운 파장 때문이다. 권진규의 작품들은 이곳이 아니라 저곳을 꿈꾸게 하고, 그 미적 세계가 마음에 일으킨 쇄신의 느낌으로 벅찬 환희에 빠져들게 한다. 그것은 시적 공명의 체험이라고 말할 수 있다.

자화상을 그려라

■

《나는 고흐의 자연을 다시 본다》

많은 예술가들이
자화상을 남기며 자신의 얼굴을 통해
생을 응시했다
우리도 거울 앞에
맨 얼굴로 온전하게 서서
그 오래된 자화상을 들여다보자

화가들은 왜 자기 얼굴을 그릴까 궁금해진다. 제 얼굴이 예술적 욕구를 자극하기 때문이라고 추측해볼 수 있다. 얼굴은 자기를 표현하며, 타자를 향해 제 속에 숨은 존재를 계시하는 영역이다. 얼굴은 삶의 이력이요, 저마다의 운명이고, 신에게서 받은 은총의 표지이다. 얼굴에 새겨진 상相과 형形으로 운명의 징후들을 읽어내는 비술秘術도 있다. 욕망에 의해 주형되는 얼굴은 그 자체로 매우 경이로운 풍경이다. 한 철학자는 다음과 같이 말한다. "얼굴은 열려 있고 깊이를 얻으며 이 열려 있음을 통하여 개인적으로 자신을 보여준다. 얼굴은 존재가 그것의 동일성 속에서 스스로를 나타내는 다른 어떤 것으로 환원할 수 없는 방식이다."(에마뉘엘 레비나스)

화가들이 자화상을 그리는 현실적 이유는 분명하다. 모델을 구하기가 쉽지 않기 때문이다. 자기 얼굴은 어느 때라도 마음만 먹으면 그릴 수 있다. 돈도 들어가지 않는다. 제 얼굴은 주변에서 가장 손쉽게 구할 수 있는 대상인 것이다. 다음으로 자기애이다. 대체로 자기에 대한 무의식적인 애착을 가진 화가들은 자화상에 집착한다.

얼굴을 그리는 것은 일종의 '인용'이다. 얼굴 주체의 생을 제 그림 속에 '인용'하는 것이다. 배우가 본디 얼굴을 지우고 백지 위에 다른 얼굴을 새 문자로 쓰는 사람이라면, 화가는 자화상으로 제 얼굴을 인용한다. 왜? 얼굴의 조형적 아름다움에 끌려서가 아니다. 얼굴은 영혼의 표상물, 혹은 기호들로 가득 차 있는 잉여물이다. 이 인용된 것에서 우리가 보는 것은 존재 너머의 존재, 타자 앞에 호명된 기호들, 그 무엇으로도 환원 불가능한 주체의 운명이다.

프리다 칼로의 상징으로 가득 찬 자화상은 늘 흥미롭다. 단순한 붓질로 이루어진 장욱진의 자화상, 화려한 색채 속에 제 우수를 감춘 천경자의 자화상, 한 점의 모호함도 없이 명쾌함 그 자체인 이쾌대의 자화상, 윤리의 삼엄함으로 거듭나려는 결기로 가득 찬 공재 윤두수의 자화상, 권진규의 파열하는 내재적 비극을 가까스로 봉합하며 드러내는 자소상들은 저마다 관람자의 내면을 자극한다.

자화상을 그리면 사느라 바빠
오래 들여다보아주지 못했던 얼굴이
문득 말을 건네올지도 모른다

잘 살고 있느냐고
괜찮은 거냐고

빈센트 반 고흐는 그림으로 무수한 빈센트 반 고흐를 남겼다. 여러 자화상들이 바로 그것이다. 나는 고흐의 자화상들을 볼 때마다 그 정직성에 매료당한다. 그는 어떤 겉치레나 위선도 없는 맨 얼굴을 그대로 드러낸다. 그 자화상들에서 광인 고흐, 늙고 지친 왕 고흐, 농부 고흐, 가난한 고흐, 성스러운 고흐, 방탕한 고흐, 침묵에 빠진 고흐를 찾아내는 일은 어렵지 않다. 반 고흐의 자화상은 그 자체로 앙토냉 아르토가 말했듯 "영원한 전쟁만이 한낱 한시적인 평화를 조명하는" 세계의 풍경화이다. 그래서 아르토는 반 고흐의 아름다운 풍경화를 조심하라고 경고한다.

> 불끈 하고 치받쳐 오르는 폭발과 억눌린 현기증을 느끼지 못하는 사람은 살아 있을 자격이 없다. 이것이 바로 불덩이를 맞은 불쌍한 반 고흐가 스스로 밝히고자 다짐했던 위안의 향이다. 그러나 그를 감시하던 악이 그를 아프게 했다. (…) 그래서 그는 살기도 전에, 37세에 죽었다. 왜냐하면 모든 인간들이 그가 모아둔 모든 힘을 그보다 먼저 썼기 때문이다. 그것이 바로 지금 반 고흐를 소생시키기 위해 돌려주어야 할 것이다. 비열한 자와 가련

한 자들로 이루어진 인류에 견준다면 반 고흐의 회화는 영혼도, 정신도, 의식도, 사유도 없었던 시대, 사슬에 묶이고 다시 풀려나기를 거듭하는 근본 요소들만이 있었던 시대의 회화가 되리라. 심한 경련과 미칠 듯한 정신적 충격의, 마치 최적의 건강을 도모하기 위해서는 열이 날 수밖에 없는 육체의 풍경화들. 살갗 밑의 육체는 과열된 공장이다. 겉으로는 환자는 빛이 난다. 그는 번쩍인다. 터진 모든 땀구멍에서 번쩍인다. 반 고흐의 정오의 풍경화가 그러하다. 오직 영원한 전쟁만이 한날 한시적인 평화를 조명한다. 마치 이제 막 쏟아부을 우유가 냄비 속에 들끓었던 우유를 조명하듯이. 소용돌이치면서 평화로운, 부들부들 떨면서 진정된 반 고흐의 아름다운 풍경화들을 조심하시라.

앙토냉 아르토, 《나는 고흐의 자연을 다시 본다》

고흐의 자화상들은 세상의 드센 요구에 꿋꿋하게 맞선 한 남자의 내면을 드러내기에 부족함이 없다. 넓은 이마, 이마 아래 움푹 꺼진 곳에 음울함을 머금은 녹색의 눈, 높은 콧대, 살집 없이 메마른 볼, 꽉 다문 입매, 인중과 턱을 뒤덮은 무성한 붉은 수염……들은 대체로 안정감을 준다. 그 안정감은 눈, 코, 입, 이마, 턱, 귀, 머리의 형상들의 뚜렷함에서 나타난다.

나는 고흐의 이마에 주목한다. 넓고 밝게 표현된 이마는 고흐의 영성靈性에 대한 무의식적인 지향을 보여준다. 젊은 시절 한때 목회자가 되려고 했던 고흐. 광부들에게 신의 말씀을 열정적으로 전파하던 고흐. 그러나 그는 목회자가 되기에는 부적합했다. 그의 지나친 열정은 언제라도 광기로 돌변할 수가 있었던 것이다. 고흐는 매우 명석한 사람이었지만 내면의 일렁이는 파토스를 제어할 수는 없었다. 그는 견고하면서도 연약한 영혼, 안정되었으면서도 불안정한 영혼, 한마디로 모순덩어리 영혼이었다. 고흐의 자화상들은 대체로 무표정하다. 이 무표정들은 인격 외면의 견고함을 더욱 강하게 고착시킨다. 붓끝이 불규칙적인 점, 빗금이나 횡선을 그으며 그 흔적들을 화면에 남긴다. 어떤 질서감도 느껴지지 않는 이 색채의 분출은 고흐 내면의 불안정한 에너지를 반영한다.

고흐의 자화상은 세상에 대한 자신감의 과시이다. 그걸 왜 굳이 과시해야만 할까? 우선 나는 최고의 화가야, 하는 스스로에 대한 피암시가 필요했을 것이다. 가난으로 옥죄인 내면에 화가로서의 운명에 대한 사랑과 불안감이 소용돌이치기 때문이다. 얼굴 외부 요소들의 견고함에 비해 눈빛은 불안하다. 그 흔들리는 눈빛은 고흐 내부 어딘가에 숨은 "닳고 닳은 병의 넘쳐남"(앙토냉 아르토), 정신착란, 무질서, 그리고 생을 옥죄고 있는 강박관념을 예시한다. 실은 평온해 보이는 외면 아래 숨은 내면은 불안과 광기로 끓는 과열된 공장이다. 그것은 언제 폭발할지 모른다. 잠재적 위험요소이다. 아무도 감지하지 못했지만 고흐 자신은 늘 그것을 의식하고 있었다.

소울 메이트라고 믿은 고갱이 떠나버린 뒤 광기가 도진 화왕畵王 고흐, 결국 그는 앙토냉 아르토의 말대로 “사회가 자살시킨 사람”이 되고 말았다. 반 고흐의 자화상들은 세상의 무관심과 몰이해, 저열함에 맞서려는 의지, 가난과 뼈저린 고독, 그리고 충만한 절망을 파열하듯이 드러낸다.

마흔이면 자기 얼굴에 책임을 져야 한다는 말이 있다. 물론 그 말을 어구 그대로 받아들이는 것은 어리석지만, 어느 면에서 보면 진실의 한 부분을 담고 있다. 지금, 당신은 어떤 자화상을 그릴 수 있는가. 혹은 그려가고 싶은가.

취미로
나를 증명하라

■

《공은 사람을 기다리지 않는다》

《축구란 무엇인가》

마흔에게 취미는
단순한 오락이 아니다
남은 인생의
든든한 벗이다

축구를 좋아하게 된 건 마흔 넘어서였다. 국가대표 경기를 중계할 때 보지 않은 것은 아니었지만, 축구 자체의 즐거움에 흠뻑 빠졌던 것은 아니다. 어느 날 갑자기 축구가 좋아졌다. 플레이어들이 오로지 발만 쓸 수 있다는 그 단순성, 공을 상대 골대 안으로 집어넣기 위해 뛰고 부딪치는 그 원시성이 좋았다. 노벨문학상을 수상한 프랑스 소설가 알베르 카뮈는 "인간 존재의 도덕과 의무에 대한 가장 확실한 것은 오직 축구에서만 배웠다"고 한 말을 어렴풋하게나마 이해하게 되었달까.

카뮈에게 축구는 차라리 '인생 교본'이었다. "나는 곧 공은 절대로 내가 기다리는 곳에서 오지 않는다는 사실을 깨달았다. 이 깨달음은 뒷날 내 인생에 많은 도움을 주었는데, 특히 아무도 믿을 수 없는 파리 생활에서 그랬다." 이것도 알베르 카뮈의 말이다. 공이 그렇듯이 인생 역시 내가 기다리는 곳에서 오지 않는다. 축구는 항상 축구 그 이상이다. 열혈 축구 팬으로 알려진 시인 최영미는 이렇게 쓴다.

축제가 끝날 즈음 나는 알게 되리라. 승리는 무엇이며 패배는 무엇인지. 승복할 수 없는 패배를 어떻게 인정해야 하는지. 운동장의 푸른 잔디 너머 무언가를 보고 깨닫는다면, 그래서 내가 더 성숙해지기를……. 상처가 치유가 되기를……. 나는 희망한다.

최영미, 《공은 사람을 기다리지 않는다》

지구상에서 가장 인기 있는 스포츠인 축구는 하나의 '종교'에 비교된다. 축구에의 순수한 열정은 신앙의 그것과 다를 바 없다. 축구를 신 없는 시대의 종교로 섬기는 이들에게 경기장은 예배를 드리는 성전이다. 세계의 명문클럽들은 저마다 열광적인 수만 명의 '신도'들을 거느린 종교이다. 그들은 유니폼과 응원구호, 깃발들을 통일하고 다른 클럽의 팬들과 자신을 차별화한다. 그들은 같은 색의 유니폼과 똑같은 응원구호를 외치며 저의 소속감과 정체성을 확인한다. 그런 팬들이 없다면 축구 경기는 무의미하다. 축구는 팬들에게 기쁨을 주고 밋밋한 삶의 활력소 구실을 한다. 축구는 팬들과 더불어 성장하며, 팬들이 만드는 응원문화로 더욱 풍요로워진다. 축구는 항상 축구 이상이었다. 그렇지 않다면 그토록 많은 사람들이 그 단순한 운동에 열광할 리가 없는 것이다.

체조 선수와 달리 축구선수의 움직임은 어떤 계획에 따라 호출된 것이 아니다. 체조 선수가 고난도의 신체적 훈련들을 실행할 때, 그 진행은 언제나 미리 정밀하게 규정되어 있고 그 질은 그 실행이 미리 주어진 규범에 얼마나 들어맞는지에 따라 측정된다. 이에 반해 축구의 특별한 매력은 바로 규범으로부터의 일탈에서 생겨난다. 거기에는 놀라운 몸의 전환, 엄청난 압박 속에서의 상상을 초월하는 트래핑, 말 그대로 전망 없는 위치에서의 슈팅, 상황을 우아하게 풀어내고 상대를 '늙어 보이게' 만드는 갑작스러운 속임수가 있다. 이를 통해 기대하는 것과 기대할 수 있을 것을 넘어서는 아름다움이 나타난다. 아름다움은 그 이전에 도무지 상상할 수 없었던 신비로운 불꽃놀이처럼 빛을 발한다.

크리스토프 바우젠바인, 《축구란 무엇인가》

축구란 폭력의 파토스가 춤을 추는 가상 전쟁이다. 심리학자 호르스트-에버하르트 리히터는 스포츠 게임에서 집단적으로 응원하면서 경기를 관람하는 사람에게 이기는 경험을 함께하는 것은 삶에서 오는 갈등과 환멸을 보상해주는 측면이 있다고 말한다. 축구 경기가 단순히 공을 차고 패스하고 골대 안으로 집어넣는 경기를 넘어서는 그 무엇이라는 걸 증명해낸 게 2002년 한일 월드컵이다. 군중 수백만 명이 모였지만 그들은 누구를 향해 도발하지도, 뻔뻔하지도, 오만하지도 않았다. 그들은 강물이었지만 범람하지 않았고 폭풍이었지만 나무 한 그루 다치게 하지 않았다. 그들은 예의를 지키며 그 축제의 즐거움을 평화롭게 누렸다.

잠재적이고 현실적인 폭력에 흥분하는 일, 수비수가 강력하고 단호하게 공격수를 막아냈을 때의 경탄, 자기 팀의 부드러운 플레이메이커에게 비신사적으로 다리를 걸었을 때 복수를 부르짖는 수천 명의 목소리, 심판의 오심에 대한 억누를 수 없는 분노. 평소에는 예의 바른 평균적 관중의 정서도 이들로부터 자유롭지 않다. 물론 고대 로마의 경기와는 달리 오늘날에는 실제로 적이 신체적 상해를 당하거나 심지어 살해당하는 것을 보려는 것은 아니다. 그러나 사람들은 격렬한 감정, 부딪히는 힘들, 가상 전쟁, 폭력의 제스처를 보고 느끼고자 한다. 이 세계의 현실에서는 이제 그런 심각한 투쟁이 일어나지 않기 때문에, 평소에 만족시킬 수 없는 충동을 만끽하기 위해 이렇게 전문화되고 조직화된 가상 투쟁이 필요한 듯하다.

크리스토프 바우젠바인, 《축구란 무엇인가》

남미나 서유럽 축구팬들의 응원문화는 광적이다. 응원이 곧장 난동이나 폭동으로 이어지는 경우도 드물지 않다. '훌리건'이라 불리는 자들은 닥치는 대로 부수고 깨뜨리고 치고받는다. 애꿎은 기물들이 파손되고 사람들은 다친다. 그들의 악명은 도를 넘어선 야만적 행태에서 비롯된 것이다. 1985년 5월 29일 유벤투스와 리버풀FC와의 유럽클럽 챔피언컵 결승전은 39명이나 목숨을 앗아간 대참사로 기록되었다. 광란에 빠진 관중들은 철조망을 부수고 '적진'을 향해 돌격했다. 그들은 무법자고, 폭도며, 살인자였다. 그들은 서로 치고받고 짓밟았다. 대참사가 일어났음에도 불구하고 텔레비전 중계는 계속되었다. 오로지 서독만이 그 중계를 그만두었다. 이렇듯 축구는 눈먼 망동과 피를 부르는 폭력의 매개가 되기도 한다.

2002년 월드컵이 열린 한 달 동안 거리로 쏟아져 나온 인파는 무려 2,500만 명이었지만 누구 한 사람 다친 사람이 없었다. 인파가 머물다 간 자리는 쓰레기 한 점 없이 깨끗했다. 붉은악마들이 보여준 역동성과 질서의 조화로움, 평화, 그리고 드높은 자긍심은 놀라움 그 자체였다. 그들이 보여준 역동적 응원문화의 힘은 월드컵이 막을 내리면서 소멸되지 않았다. 이미 우리 안에 깊이 들어와 있는 희망이자 가능성으로, 그것은 상생의 촛불시위로 이어지고 대통령 선거에서 권력을 교체하는 평화적 원동력으로 불꽃을 피웠다.

축구는 항상 축구 이상이고, 취미는 항상 취미 이상이다.

소박하게
먹고 즐겨라

■

《존재에서 존재자로》

《중국 음식 문화사》

사람이 먹고 마시는 것은 그 행위가
우리 존재를
만드는 일이기 때문이다
그런데 우리는 얼마나
과하게 먹고 마시며
먹는 것에 많은 정신을 의존하는가

가을은 짧다. 날이 차가워져서 장롱에서 지난봄에 개켜 넣었던 동내의를 꺼낼 무렵이면 무더위에 지쳐 잃었던 입맛도 돌아온다. 저 북방 시인 백석의 〈선우사〉란 시가 떠오른다. 시인은 "낡은 나조반에 흰밥도 가자미도 나도 나와 앉아서 / 쓸쓸한 저녁을 맞는다"고 쓴다. 나조반에 올린 흰밥과 가자미와 자기를 한 줄에 놓은 게 특이하다. 아마도 고적한 산골에서 썼기 때문에 그랬을 것이다. 그랬으니 입으로 떠 넣는 흰밥과 가자미조차도 친구가 되어 "우리들은 서로 미덥고 정답고 그리고 서로 좋구나"라는 말이 입 밖으로 나왔을 터다.

대개 연약한 것들은 기후 변화에도 취약하다. 입동 지난 뒤 밭에서는 미처 뽑지 못한 배춧잎들이 시들고, 식물들의 광합성 성과는 현저하게 낮아진다. 밤에는 남도 강물들은 낮은 곳으로 휘어지고 관동 하늘엔 미성년의 자잘자잘한 별들이 자욱하다. 저 물들이 그러하듯 상강 이후 대퇴골을 완성한 소녀들의 혈관은 투명해진다. 어스름 속에서 황국黃菊은 노랗게 타오르고 문설주로는 늑대거미들이 무심코 내려온다. 욕심이 덜어지면서 마음도 희어진다. 날마다 투명하고 희어진 것들이 오면, 울어라, 여치들이여. 바야흐로 여치들과 여뀌들과 황국의 전성시대이다. 가을은 길지 않으니 그 전성시대도 짧으리!

> 먹는다는 것은 평온하고 단순하다. 먹는 일은 자기의 지향의 솔직성을 충만하게 실현한다. '먹는 인간은 가장 정확한 뜻에서 인간에 속한다.'
>
> 에마뉘엘 레비나스, 《존재에서 존재자로》

무언가를 먹는다는 것은 동물의 숙명이다. 생존하기 위해서 반드시 무언가를 먹는 것은 사람 역시 마찬가지이다. 사람은 외부의 에너지를 제 안으로 들여와 흡수한다. 이때 외부의 에너지는 대개 음식의 형태를 갖는다. 누구라도 음식을 취하지 않고는 살 수 없는 이유가 거기에 있다. 중국의 사상가 한비자는 그 사실을 꿰뚫어보고 "사람은 위로 하늘과 이어지지 않고, 아래로 땅에 박혀 있지도 않다. 오로지 위장을 근본으로 삼기에 먹지 않으면 결코 살 수 없다"라고 했다. 살기 위해 반드시 먹고 마셔야만 하는데, 바로 그 행위가 우리 존재를 만드는 일이기 때문이다. 더 정확하게 말하자면 우리는 살기 위해 먹는 것이 아니라 먹고 마시는 그 자체가 삶이기 때문에 그렇게 한다. 우리는 살기 위해 먹고 마시는 것이 아니라 먹고 마시기 위해 사는 존재이다.

먹고 마시는 일에도
절도가 따라야 한다
소박한 식사에서 행복을 찾고
행복으로 배를 불려야 한다

먹고 마시는 것은 사람살이의 근본이다. 그래서 철학자는 "먹는 인간은 가장 정확한 뜻에서 인간에 속한다"라고 했을 것이다. 음식을 취하는 것은 생명을 유지하는 기본 바탕이고 이것을 구하는 노동은 숭고하다.

먹고 마시는 일에는 절도가 따라야 한다. 음식을 지나치게 탐하는 행위는 천박하다. 공자는 《논어》에서 "군자는 음식을 배부르게 먹으려 하면 안 되고, 거처를 편안하게 하려고 하면 안 되며, 일을 민첩하게 하면서도 말은 신중해야 한다"라고 말했다. 먹고 마시는 일에서 넘치도록 향락을 추구하는 태도는 도리가 아니다. 갖가지

음식들을 두루 탐하려 하지 말고 소박하게 먹고 깊이 있게 즐겨야 한다. 옛사람들은 음식이 양생을 위해 반드시 필요하지만 과도하게 맛을 따지고 집착하는 것은 화를 가져온다고 믿었다. 제자백가 중의 한 사람인 묵자 역시 먹고 마시는 일에서 검소하고 소박한 태도를 가질 것을 권유했다.

> 묵자의 생활은 매우 검소하고 소박했다. 그는 "자신의 양에 맞도록 밥을 먹고, 신분에 어울리게 옷을 입으라"고 주장했다. 그의 학생들은 명아주잎과 콩잎으로 끓인 국을 먹고 짧은 베옷을 입었다. 이것은 일반 백성과 다름이 없었다. 당시 '굶주려도 먹을 것이 없다' '추위에 허덕여도 입을 옷이 없다' '일만 하지 쉬지 못한다'는 사회적 '삼환三患', 즉 세 가지 문제가 있었다. 이것을 해결하기 위해서 묵자는 사회 내부에서 서로 구휼적인 호조互助를 해야 한다는 주장을 제창했을 뿐만 아니라, 적극적인 생산과 소비의 제한을 주장했다. 곧 사람들이 물질생활에서 과도한 혜택을 누리겠다고 욕심내는 것을 반대하고, 단지 배불리 먹고 따뜻하게 입으면 된다고 생각했다.
>
> 왕런샹,《중국 음식 문화사》

간고등어와 청국장을 한 상에 올린다. 청빈하지만 부족함이 없는 조촐한 식탁이다. 아, 흰밥과 김장김치와 함께 떠먹는 청국장이 혀끝에서 아득해진다. 늦가을의 모근들은 왜 헐렁해지고, 청국장엔 왜 '청'이 들어가는가. 산림욕장을 다녀오던 오후 내내 병자호란 시절 청나라 군사들이 먹었다는 청국장이 지금 내가 먹는 그 청국장과 맛이 같은가에 대한 생각으로 골똘해진다. 들에 지천으로 널린 야생초 가운데 여뀌가 어여쁘고, 입에 들어가는 것들 중에는 청국장이 혀에 달다. 그랬으니 이 나라 상고시대 조상들이 먹었던 청국장을 먹으며 나는 가난해도 외롭지 않다고 자부하는 것이다. "우리들은 가난해도 서럽지 않다 / 우리들은 외로워할 까닭도 없다 / 그리고 누구 하나 부럽지도 않다."(백석) 어여쁘고 달고 쓸모 있는 것들과 더불어 사니 그 누구도 부럽지 않다. 그러니 나도 정녕 늦가을의 풍운아 아닌가.

늦가을 저녁 부엌에서 흰밥과 청국장과 간고등어로 배를 채운 뒤 홑이불 속에 몸을 뉘고 저 북쪽 마을에 언제 첫눈이 내리는가를 짚어본다. 무서리 내리고 울타리의 황국이 시든 뒤 물은 얼고 첫눈은 오는가. 머잖아 블라디보스토크에서 이어지는 산과 산을 성큼성큼 달려와 미시령 천지간까지 눈보라는 자욱하게 덮게 될 것인가. 청국장은 청국장을 모르고 사랑은 사랑을 몰라본다. 눈보라치는 새벽에는 외로움에 진절머리를 치며 밀항한 남자가 되는 상상을 하곤 한다. 추위로 곱은 손을 녹이며 두고 온 처자에게 편지를 쓸 가슴이 아직도 나에겐 남아 있는가.

아침마다
서재 앞에 서라

■

《우리를 슬프게 하는 것들》

《쾌락의 옹호》

《소박한 삶》

살아 있음을 기뻐하라
설레는 것을 갈망하라
삶을 받아들이고 껴안고 화해하라
책이 쌓여 남은 인생의 길이 된다
즐거운 여정을 위해
매일 아침 서재 앞에 서라

뜰 안의 산벚나무와 느티나무와 은행나무의 잎들이 먼저 누렇게 탈색이 되었다. 빨간 고추를 말리던 양광陽光은 눈부시지만 열기는 미지근하다. 계곡의 물들이 차가워지고 단풍진 활엽수의 나뭇잎들은 바람이 불 때마다 우수수 떨어진다. 차고 맑은 물 위에 떠서 흘러가는 낙엽들. 나는 그것들을 무심한 시선으로 바라본다. 무서리 내리고 초본식물들이 무릎을 꺾고 무너지면서 늦가을은 처연하다.

늦가을의 나는 봄비에 연두를 머금고 촉촉하던 버드나무를 보던 날의 나와 다르다. 늦가을의 나는 몇 날 며칠 하늘이 구멍 난 듯 장대비가 쏟아지던 그 여름의 눅눅함과 무더위 속에서 허덕이던 날의 나와 다르다. 늦가을의 쓸쓸함과 멜랑콜리에 감염된 내 피와 세포들은 더 이상 도도하지 않다. 내 피와 세포들은 "회색의 빛깔, 가을밭에서 보이는 연기, 산길에 흩어져 있는 비둘기의 깃, 세

번째 줄에서 떨어진 어릿광대, 지붕 위로 떨어지는 빗소리, 휴가의 마지막 날"(《우리를 슬프게 하는 것들》)이라는 문장에 쉽게 감응한다.

나는 늦가을의 사람으로 너무 늦지도 않고 너무 빠르지도 않게 늦가을에 안착한다. 영원이라는 잣대로 재면 하루는 찰나이고, 일생은 열린 문 앞을 지나가는 빠른 말과 같다. 늦가을 해질녘의 고즈넉한 시간을 서성거리며 나는 한 번도 만난 적이 없는 한 사람, 나와 태어난 곳은 다르지만 태어난 해가 겹치는 한 사람의 죽음을 기억한다. 그는 아침마다 거울을 보면서, 오늘이 내 인생의 마지막 날이라면 지금 하려고 하는 일을 할 것인가, 라고 물었다. 철학자같이 삶을 통찰한 그는 이런 핵심에 닿는다. "삶이라는 시간은 제한되어 있다. 그러니 다른 누군가의 인생을 사느라 낭비하지 말라. 다른 사람의 도그마에 얽매이지 말라. 만약에 그렇다면 그것은 다른 사람의 생각의 결과로 자신의 삶을 사는 것과 마찬가지이다." '애플'의 창업자인 스티브 잡스의 말이다.

그는 불우했다. 미혼모에게서 태어나 생판 모르는 가정에 입양된 것도, 대학을 중퇴한 것도, 창업한 회사에서 쫓겨난 것도 평온한 삶이었다고 말하기는 어렵다. 허나 그가 만든 아이폰이나 아이패드는 번뜩이는 아이디어와 독창성이 돋보인다. 사람들은 그걸 사려고 긴 줄을 섰다. 그것들은 놀라운 기능과 함께 심미적 욕망을 만족시킨다는 점에서 피라미드와 오벨리스크, 돔과 뾰족탑, 대성당의 스테인드글라스 창문에 견줄 만하다. 그가 단순한 이익 창출이 아니라 근본적인 상징을 추구하고, 자유로운 기술적 실험의 표본을 내놓는 사람이었기에 인류가 그의 이른 죽음을 상실로 받아들이고 슬퍼하는 것이리라.

살아 있다면, 그 살아 있음을 기뻐해야 한다. 그것이 덧없는 열정이라 할지라도 우리는 그 열정에 몸을 던져야 한다. 삶을 갈망하는 것, 그리고 가슴을 설레게 하는 모험이다. 영혼이 마비된 것처럼 무감각하게 사는 것은 삶에 대한 예의가 아니다. 차라리 그것은 죄악이다. 삶에서 도망치는 것은 어리석은 일이다. 불안하다고? 그것마저 "받아들이고 껴안고 화해"하면서 열심히 살아봐야 한다.

> 철학자 하이데거에 따르면 불안은 끈끈이풀로 만들어진 파리통 같은 것이다. 숙명처럼 그 안에 갇히게 된 인간은 아무도 그것으로부터 도망칠 수 없다. 어쩌다 잊고 어쩌다 가려질 뿐이다. 그러므로 저 햇빛 쏟아지는 오후의 권태 같은 안정이야말로 턱없이 꾸며진 기만에 지나지 않는 것이다. 그러니 우리가 할 수 있는 것은 불안과 불화하고 거절하고 도망치는 것이 아니라 받아들이고 껴안고 화해하는 것이다. 그것은 일상성에 끝없이 저항하며 모험과 도전의 세계 안으로 들어서는 것이다.
>
> 이왕주, 《쾌락의 옹호》

스티브 잡스는 한 연설에서 "죽음은 삶이 만들어낸 최고의 발명품이다"라는 말을 했다. 이미 자기의 죽음을 강력하게 의식하고 있었던 게 분명하다. 불안하든지 그렇지 않든 간에 모든 삶은 종국에는 죽음으로 종결된다. 누군가 죽고 누군가 태어나는 일은 이 지구의 일상이다. 조락과 덧없는 것들의 끝을 안고 지구 북반구의 늦가을은 전면적으로 깊어간다. 늦가을 맑은 날의 평온함으로 가장 쓸쓸한 곳을 바라보는 사람의 눈빛은 연민으로 젖어 고요하고 맥박은 빠르지 않다.

삶은 갈망에서 타오르는 것이고, 우직한 도전에서 빛나는 도약을 하는 것! 갈망이 다하면 풀들은 시들고, 갈망이 다하면 숲속의 가왕歌王으로 군림하던 매미나 능란한 사냥꾼인 늙은 사마귀도 죽어 풀밭에 나뒹군다. 시인 쉼보르스카는 "지나간 옛사랑이여, 새로운 사랑을 첫사랑으로 착각한 점 뉘우치노라, 기차역에서 어디론가 떠나는 사람들이여, 새벽 다섯 시에 곤히 잠들어 있어 참으로 미안하구나"라고 적었다. 나 역시 늦은 사랑을 첫사랑으로 착각하고, 새벽 다섯 시에는 곤한 잠에 빠져 있었다. 나는 뉘우치고 미안하다고 말하고 싶다. 왜냐하면 늦가을이니까.

> 동물의 세계를 살펴보아도 인간처럼 허둥거리는 모습은 찾아볼 수가 없다. '부지런한 벌'이나 '근면한 개미'도 예외가 아니다. 그 곤충들이 일하는 모습은 부지런해보이지만, 사실은 전체의 78퍼

센트의 시간을 쉬거나 빈둥거린다. 동물들은 대부분의 시간을 긴장을 풀고 쉬는 데 사용한다. 그들이 활동하는 것은 꼭 먹이가 필요할 때뿐이다. 그 밖에는 내키는 대로 게으름을 피우지만, 그렇다고 사람들이 제멋대로 상상하듯 권태에 빠지지는 않는다.

레기네 슈나이터,《소박한 삶》

말처럼 뼈가 휘도록 일하던 사람이라도 이런 늦가을의 하루는 자기에게 포상휴가를 주어 생각이 없는 절지동물처럼 빈둥거려도 좋다. 마흔에게 남은 인생은 여전히 길고, 그러니 조금 쉬어가도 좋다.

늦가을의 바람이 느티나무를 스치고 지나간다. 다시, 살아야겠다. 마흔의 삶을 사랑하라. 간절하게 갈망할 것, 자유로울 것, 사람을 사랑하며 살 것! 오늘은 내 인생의 가장 빛나는 첫 번째 날이다. 오늘을 뜨겁게 끌어안으라.

《마흔의 서재》에 나오는 책들

제1장 마흔이라는 인생의 한 페이지

《마흔 살의 철학》, 가와기타 요시노리 지음, 박혜령 옮김, 토네이도, 2011
《마흔의 심리학》, 이경수·김진세 공저, 위즈덤하우스, 2007
《인생 절반쯤 왔을 때 깨닫게 되는 것들》, 리처드 J 라이더 · 데이비드 A 샤피로 공저, 김정홍 옮김, 위즈덤하우스, 2011
《어느 철학자가 보낸 편지》, 미키 기요시 지음, 이종철 옮김, 1998
《속도에서 깊이로》, 윌리엄 파워스 지음, 임현경 옮김, 21세기북스, 2011
《논어》, 공자 지음, 김형찬 옮김, 홍익출판사, 2005
《내가 사랑하는 삶》, 장조 · 주석수 공저, 정민 옮김, 태학사, 2001
《자발적 가난》, E.F. 슈마허 등저, 이덕임 옮김, 그물코, 2010
《피로사회》, 한병철 지음, 김태환 옮김, 문학과지성사, 2012
《그리스인 조르바》, 니코스 카잔차키스 지음, 이윤기 옮김, 열린책들, 2000
《심플하게 산다》, 도미니크 로로 지음, 김성희 옮김, 바다출판사, 2012
《고요는 도망가지 말아라》, 장석남 지음, 문학동네, 2012
《침묵의 추구》, 조지 프로흐니크 지음, 안기순 옮김, 고즈윈, 2011
《침묵 예찬》, 마르크 드 스메트 지음, 김화영 옮김, 현대문학, 2007
《차라투스트라는 이렇게 말했다》, 프리드리히 니체 지음, 정동호 옮김, 책세상, 2000
《도덕경》, 노자 지음, 오강남 풀이, 현암사, 1995
《고독의 심리학》, 제라르 마크롱 지음, 정기헌 옮김, 뮤진트리, 2010
《고독의 위로》, 앤서니 스토 지음, 이순영 옮김, 책읽는수요일, 2011
《공자와 노자, 그들은 물에서 무엇을 보았는가》, 사라 알란 지음, 오만종 옮김, 예문서원 1999
《논어금독》, 리쩌허우 지음, 임옥균 옮김, 북로드, 2006
《관자》, 관중 지음, 김필수 등 공역, 소나무, 2006
《노자강의》, 야오간밍 지음, 손성하 옮김, 김영사, 2010

《쾌락의 옹호》, 이왕주 지음, 문학과지성사, 2001
《뇌, 생각의 출현》, 박문호 지음, 휴머니스트, 2008
《창조성의 비밀》, 모기 겐이치로 지음, 이경덕 옮김, 브레인월드, 2007

제2장 삶의 갈림길마다 책이 있다

《지적으로 나이 드는 법》, 와타나베 쇼이치 지음, 김욱 옮김, 위즈덤하우스, 2012
《지적 생활의 발견》, 와타나베 쇼이치 지음, 김욱 옮김, 위즈덤하우스, 2011
《책 읽는 뇌》, 매리언 울프 지음, 이희수 옮김, 살림, 2009
《피가 되고 살이 되는 500권, 피도 살도 안 되는 100권》, 다치바나 다카시 지음, 박성관 옮김, 청어람미디어, 2008
《보르헤스에게 가는 길》, 알베르토 망구엘 지음, 강수정 옮김, 산책자, 2007
《책만 보는 바보》, 안소영 지음, 보림, 2005
《갈매기의 꿈》, 리처드 바크 지음, 이덕희 옮김, 문예출판사, 1973
《아름다운 삶, 사랑 그리고 마무리》, 헬렌 니어링 지음, 이석태 옮김, 보리, 1997
《실수 없이 제대로 사랑할 수 있을까》, 세르주 에페즈 지음, 배영란 옮김, 황소걸음, 2011
《사랑은 지독한 혼란: 그러나 너무나 정상적인》, 울리히 벡 · 엘리자베스 벡-게른스하임 공저, 강수영 · 권기돈 · 배은경 옮김, 새물결, 1999
《사랑 예찬》, 알랭 바디우 지음, 조재룡 옮김, 길, 2010
《아무도 가르쳐주지 않는 여행의 기술》, 카트린 파시히 외 지음, 이미선 옮김, 김영사, 2011
《걷기의 역사》, 리베카 솔닛 지음, 김정아 옮김, 민음사, 2003
《무미예찬》, 프랑수아 줄리앙 지음, 최애리 옮김, 산책자, 2010
《자연, 예술, 과학의 수학적 원형》, 마이클 슈나이더 지음, 이충호 옮김, 경문사, 2002
《책과 집》, 데이미언 톰슨 지음, 정주연 옮김, 오브제, 2011
《고요함의 지혜》, 에크하르트 톨레 지음, 진우기 옮김, 김영사, 2004
《빅 퀘스천》, 줄리언 바지니 지음, 문은실 · 이윤 공역, 필로소픽, 2011

제3장 이전과는 다른 생이 기다린다

《세상의 모든 우아함에 대하여》, 제시카 커윈 젱킨스 지음, 임경아 옮김, 루비박스, 2011
《게으름의 즐거움》, 피에르 쌍소 외 공저, 함유선 옮김, 호미, 2003
《소박한 삶》, 레기네 슈나이더 지음, 조원규 옮김, 여성신문사, 2002

《생물과 무생물 사이》, 후쿠오카 신이치 지음, 김소연 옮김, 은행나무, 2008
《동적 평형》, 후쿠오카 신이치 지음, 김소연 옮김, 은행나무, 2010
《예언자》, 칼릴 지브란 지음, 강은교 옮김, 문예출판사, 1975
《장자》, 장자 지음, 오강남 풀이, 현암사, 1999
《생년월일》, 이장욱 지음, 창비, 2011
《면벽침사록》, 류짜이푸 지음, 노승현 옮김, 바다출판사, 2007
《자아폭발—타락》, 스티브 테일러 지음, 우태영 옮김, 다른세상, 2011
《우리는 무엇이 될 수 있는가》, 게랄드 휘터 지음, 이상희 옮김, 추수밭, 2012
《나와 너》, 마르틴 부버 지음, 표재명 옮김, 문예출판사, 2001
《존재에서 존재자로》, 에마뉘엘 레비나스 지음, 서동욱 옮김, 민음사, 2003
《호밀밭의 파수꾼》, 제롬 데이비드 샐린저 지음, 공경희 옮김, 민음사, 2001
《논어의 인생박물지》, 동리자 엮음, 김인지 옮김, 파라북스 2007
《월든》, 헨리 데이비드 소로 지음, 강주헌 옮김, 현대문학, 2011

제4장 넓어지지 말고, 깊어지는 삶을

《철학하는 일상》, 이경신 지음, 이매진, 2010
《나무를 심은 사람》, 장 지오노 지음, 김경온 옮김, 두레, 2005
《탈무드》, 사이니야 엮음, 김정자 옮김, 베이직북스, 2009
《성찰》, 김우창 지음, 한길사, 2011
《안도 다다오의 도시 방황》, 안도 다다오 지음, 이기웅 옮김, 오픈하우스, 2011
《바다의 편지》, 최인훈 지음, 삼인, 2012
《일의 기쁨과 슬픔》, 알랭 드 보통 지음, 정영목 옮김, 이레, 2009
《인생사계》, 자오유얼 지음, 조용숙 옮김, 달파소, 2008
《너무 낡은 시대에 너무 젊게 이 세상에 오다》, 박명욱 지음, 박가서장, 1998
《맹자》, 맹자 지음, 박경환 옮김, 홍익출판사, 2005
《나는 고흐의 자연을 다시 본다》, 앙토냉 아르토 지음, 조동신 옮김, 숲, 2003
《공은 사람을 기다리지 않는다》, 최영미 지음, 이순, 2011
《축구란 무엇인가》, 크리스토프 바우젠바인 지음, 김태희 옮김, 민음인, 2010
《중국 음식 문화사》, 왕런샹 지음, 주영하 옮김, 민음사, 2010
《우리를 슬프게 하는 것들》, 안톤 슈나크 지음, 차경아 옮김, 문예출판사, 2011

마흔의 서재

1판 1쇄 펴냄 2020년 1월 1일
1판 3쇄 펴냄 2022년 12월 15일

지은이 장석주
편 집 안민재
디자인 김은영(표지), 이희윤(본문)
제 작 세걸음

펴낸곳 프시케의숲
펴낸이 성기승
출판등록 2017년 4월 5일 제406-2017-000043호
주 소 (우)10874, 경기도 파주시 책향기로 441
전 화 070-7574-3736
팩 스 0303-3444-3736
이메일 pfbooks@pfbooks.co.kr
페이스북 fb.me/PsycheForest
트위터 @PsycheForest

ISBN 979-11-89336-20-2 03810

이 도서의 국립중앙도서관 출판시도서목록CIP은
서지정보유통지원시스템 홈페이지 http://seoji.nl.go.kr와
국가자료공동목록시스템 http://www.nl.go.kr/kolisnet에서 이용하실 수 있습니다.
CIP제어번호: 2019050743